「ハリー・ポッター」が英語で楽しく読める本 Vol.2

クリストファー・ベルトン

渡辺順子・訳

CosmoPier

はじめに

　「ハリー・ポッター」のすばらしい世界へ、ふたたびようこそ。シリーズ2冊目のこの*Harry Potter and the Chamber of Secrets*では、第1巻ですでにお馴染みのキャラクターにまた会えるだけでなく、新しいキャラクターも登場します。その中には善玉も悪玉もいますが、どちらにしろ、わたしたちを最高に楽しませてくれます。

　もしもあなたにとってこの*Chamber of Secrets*が、英語で読む1冊目の「ハリー・ポッター」シリーズならば、あなたは大いなる冒険に乗り出そうとしていると言えるでしょう。作者J.K.Rowlingは物語をおもしろくするため、あらゆる点に配慮しています。筋のおもしろさはもちろんのこと、それを比類なく巧みに描き、また、登場人物や魔法の道具の名前などにも工夫をこらしています。

　一方、もしもあなたがすでに*Harry Potter and the Philosopher's Stone*を英語で読み終え、2冊目に挑戦しようとしているのであれば、朗報があります。『「ハリー・ポッター」が英語で楽しく読める本』の執筆中、わたしたちは清泉女子大学講師の長沼君主先生に、既刊の「ハリー・ポッター」シリーズ全巻についての語彙分析をお願いしました。そしてその結果、*Philosopher's Stone*はそ

の他の巻を読むうえでの鍵となることがわかりました。なぜならば*Philosopher's Stone*には、それ以降の巻に使われている総語数の95％がカバーされているのです。つまり、*Philosopher's Stone*を読み終えたあなたにとって、*Chamber of Secrets*はより楽に読める、ということです。そして読むペースが速くなれば、さらにおもしろさが増すはずです。

　ところで、話を先に進める前に、まず本のタイトルについて考えてみましょう。この巻のタイトルはなぜ*Room of Secrets*ではなく*Chamber of Secrets*なのか、考えてみたことがありますか。chamberとroomはもちろん言い換え可能ですが、なぜJ.K.Rowlingはchamberという語を選んだのでしょうか。
　実はchamberという語には含みがあり、単にroomというよりも重要な部屋であることがほのめかされているのです。
　また、chamberは、現在ではあまり使われない、やや古風な趣のある語でもあります。シリーズを読んでいくと、ホグワーツ魔法魔術学校を描くにあたって、J.K.Rowlingが中世のような古めかしい雰囲気をかもしだそうとしていることに気づくでしょう。これは、

現代使われているものの代わりにparchment（羊皮紙）、quill（羽根ペン）、torch（たいまつ）、cloak（マント）などの語を用いていることから明らかです。

　現在、chamberという語を用いるのは、多少の例外はあるものの、たいていは学校における教師の私室、弁護士の事務所などの場合に限られています。おそらくその中で最も有名なのは、Chamber of Commerce and Industry（商工会議所）でしょう。

　もうひとつ、ちょっと興味深いことをあげておきましょう。第1章の始まる前のページを見ると、J.K.Rowlingがこの本をSean P.F.Harris (getaway driver and foulweather friend) という人に献げているのにお気づきになるでしょう。

　Sean HarrisはJ.K.Rowlingの中等学校最後の年の友人で、彼はJ.K.Rowlingをいつもトルコ石色のフォード・アングリアに乗せて連れ出してくれた（getawayさせてくれた）といいます。今はこの車のことを聞いても何もピンと来ないかもしれませんが、第3章を読むときには、このことを思い出してくださいね。おもしろいことに気がつくはずです。

ちなみにfoulweather friend（直訳は「荒天の友」）は、状況がいい時も悪い時も一緒にいてくれる真の友のこと。一方、goodweather friend（直訳は「好天の友」）は、いい時にしか一緒にいてくれない友人。つまり、真の友ではない人のことです。

　さて、いよいよ本を開き、*Harry Potter and the Chamber of Secrets*を読みはじめるときが来ました。あなたがこの本を端から端まで楽しみ、読み終わったとたんに、ますます自信を強めて次の巻*Harry Potter and the Prisoner of Azkaban*に進んでいかれることを確信しています。
　Enjoy, and good luck...!

クリストファー・ベルトン
Christopher Belton
2004年1月

CONTENTS

はじめに ——————————————————————— 2
原書を読む方へのアドバイスとJ.K.ローリングの文章作法 ——— 8
読む前に知っておきたい必須語彙 ————————————— 16
本書の構成と使い方 ————————————————————— 20
参考資料 ——————————————————————————— 22

「ハリー・ポッター」Vol.2
Harry Potter and the Chamber of Secrets を
1章から18章まで読み通す

第1章について　Chapter 1　The Worst Birthday ——— 24
……誕生日の訪問者たち

第2章について　Chapter 2　Dobby's Warning ——— 32
……招かれざる客

第3章について　Chapter 3　The Burrow ——— 40
……ロンの家での楽しい朝食

第4章について　Chapter 4　At Flourish and Blotts ——— 48
……ダイアゴン横丁で一触即発！

第5章について　Chapter 5　The Whomping Willow ——— 60
……空飛ぶ自動車でたどり着いてはみたものの……

第6章について　Chapter 6　Gilderoy Lockhart ——— 68
……「闇の魔術に対する防衛術」の新しい先生

第7章について　Chapter 7　Mudbloods and Murmurs ——— 77
……異変の兆候

第8章について　Chapter 8　The Deathday Party ——— 85
……「秘密の部屋」は開かれた……

第9章について　Chapter 9　The Writing on the Wall ——— 93
……ハーマイオニーの探究

第10章について　**Chapter 10　The Rogue Bludger** ——— 99
……ハリーの災難と次なる犠牲者

第11章について　**Chapter 11　The Duelling Club** ——— 105
……ハリーvsマルフォイ、決闘の行方は……

第12章について　**Chapter 12　The Polyjuice Potion** ——— 113
……トイレの中で大変身？！の巻

第13章について　**Chapter 13　The Very Secret Diary** ——— 120
……古い日記と「秘密の部屋」

第14章について　**Chapter 14　Cornelius Fudge** ——— 126
……魔法省大臣、登場！

第15章について　**Chapter 15　Aragog** ——— 131
……禁じられた森で、ハリー危機一髪

第16章について　**Chapter 16　The Chamber of Secrets** ——— 137
……いざ、「秘密の部屋」へ

第17章について　**Chapter 17　The Heir of Slytherin** ——— 142
……対決

第18章について　**Chapter 18　Dobby's Reward** ——— 146
……マルフォイのソックス

コラム：What's More

1　イギリスの気候 ＜31＞
2　ディナーパーティーのジョーク ＜38＞
3　ノーム ＜47＞
4　ロンドン ＜59＞
5　ローマ街道 ＜67＞
6　イギリスの朝食 ＜76＞
7　バンシー ＜84＞
8　誕生日 ＜92＞
9　本と印刷技術 ＜98＞
10　狼人間 ＜104＞
11　決闘 ＜112＞
12　バンパイア ＜119＞
13　バレンタイン・デー ＜125＞
14　数占い ＜130＞
15　クモ ＜136＞
16　忘却術 ＜141＞
17　アナグラム ＜145＞
18　おわりに ＜149＞

＜巻末資料＞
ハグリッドのなまり ——— 150
Harry Potter and the Chamber of Secrets の語彙分析資料　長沼君主 ——— 154
INDEX ——— 163

原書を読む方へのアドバイスと J.K.ローリングの文章作法

　この章では、*Harry Potter and the Chamber of Secrets*の読み方についてのアドバイスと、J.K.Rowlingが用いている文章の書き方の決まりを記しました。以下は『「ハリー・ポッター」が英語で楽しく読める本』ですでに書いたことの概要ではありますが、ここでもう一度、英語の本（とくに「ハリー・ポッター」シリーズ）がどのような約束事に基づいて書かれているのかを確認しておく必要があると思いますので再録します。

1. 原書を読む方へのアドバイス

　語彙力を高めるのはとてもたいへんで、時間も努力も必要です。本を最初から最後まで読み通すだけの語彙を即座に身につける方法は、残念ながらありません。しかし、その過程をより楽しくするテクニックならあります。そのヒントを以下にあげてみました。

1. 知らない単語をいちいち辞書で調べないこと

　知らない単語が出てくるたびに辞書で調べていたら、最初の1章も読み終わらないうちに挫折してしまうにちがいありません。物語がたびたび中断されておもしろさが半減してしまうだけでなく、3ページ目を読むころには、1ページ目で調べた単語をもう忘れてしまっているのに気づくはずです。こんな読み方をしていると、すぐに退屈してしまいます。そして物語への興味を失ったとなれば、本を投げ出すのも時間の問題でしょう。

2. 前後の文から単語の意味をつかむこと

　知らない単語なのに、文脈から意味が自然にわかることがよくあ

ります。手元にノートを置いて知らない単語を書きとめ、その脇に、意味を推測して書いてみてはいかがでしょう。あとでまたその単語が出てきたときにメモを見直し、必要があればいつでも修正や追加をしてください。

3. 推測していた単語の意味に確信が持てたら、そのとき初めて辞書を引くこと

　知らない単語の多くは、本全体の中で1、2回しか出てきません。そんな単語を辞書で調べても、物語全体の理解にはそれほど役立ちません。けれども、中には繰り返し出てくる単語があります。何度も見かけるうちに、その意味を確信できるようになったら、そのときに初めて辞書を引き、意味を確かめてみることをすすめします。

4. 個々の単語にとらわれず、物語全体の流れをつかむこと

　本とは、読者の心の中に一連のイメージを再現してくれるもの。ひとつの単語の意味が、そうしたイメージを大きく左右してしまうことはありません。もしもあるイメージがたったひとつの単語に依存していると考えるなら、その単語の意味を調べてみるとよいでしょう。しかし一般に、ひとつの単語の意味を知ったところで、文全体あるいは物語全体の理解にはそれほど変わりがないと気づくはずです。

　「ハリー・ポッター」シリーズは子どものために書かれた読み物なので、物語を追っていくのはそれほど難しくないはずです。実際、本の中で使われている単語のおよそ80％は、中学・高校レベル。つまり、辞書なしでもほとんど理解できるということです。しかし現実には、学校で習った単語をすべて覚えているわけではないでしょうから、最初のうちはなかなか先に進まないかもしれません。けれども、読みはじめるとともに単語を思い出し、ページが進むにつれて理解度も増していくことに気づかれるでしょう。大切なのはあき

らめないこと。多少つらくても、読みつづけることです。そうすれば、決して後悔することはありません。

2. 文章の書き方の決まり

　*Harry Potter and the Chamber of Secrets*の文章に用いられている書き方の決まりは以下のとおり。

①*Harry Potter and the Chamber of Secrets*は三人称で書かれています。つまり、作者は物語の登場人物のひとりではありません。そのため、作者はより広い視野で、物語を客観的に描くことができます。もしも一人称で書かれていたら、視野は限定されてしまっていたでしょう。

②地の文は過去形で書かれています。

③文体はどちらかといえば快活で会話的。そのため、ただ物語が述べられているというより、読者は作者から直接、語りかけられているような感じを受けるでしょう。その例をいくつかあげてみます。

［例］What wouldn't he give now for a message from Hogwarts? [Chap.1]

　　＊ホグワーツから一つでも連絡が来るのなら、どんなものとでも引き換えにしないことがあるだろうか？（どんなものとでも喜んで引き換えにするのに）

　＊以下、邦訳は『ハリー・ポッターと秘密の部屋』（松岡佑子訳、静山社刊）から引用しています。説明の都合上、新たに訳をつけたものは＊で記します。

　これは、実際にはハリーが心の中で思ったことです。しかし、まるで読者が問いかけられているかのような書き方でもあります。物語はこうして読者をいっそう引きこんでいきます。登場人物のせりふ以外の疑問文を、さらにいくつかあげてみましょう。

［例］Did this mean he wasn't a proper wizard? [Chap.8]

　　彼はちゃんとした魔法使いではないんだろうか？［邦訳*p*.190］

[例] But what good were these words? [Chap.15]
　　　しかし、この言葉がどれだけ役に立つのだろう？［邦訳p.395］

　時には論理的でない表現もあります。そんなときは厳密な意味にこだわるのではなく、かもしだされるイメージを大切にしましょう。

[例] ...he seemed to have left his voice back with the car in the clearing [Chap.15]
　　　あの空き地の、車のところに声を置き忘れてきたらしい［邦訳p.407］

　もちろん、ハリーが自分の声をどこかに置き忘れることなど、できるはずはありません。ハリーは恐怖のあまり、何も話せなくなってしまったのです。

[例] The minutes snailed by [Chap.7]
　　　＊時間がかたつむりのようにのろのろと進んだ

　snail（かたつむり）という語は名詞ですが、J.K.Rowlingはここでそれを動詞として使っています。また、時間に動く能力を与え、かたつむりのようにのろのろと進ませました。時間が自らの意志で動くことはもちろん不可能ですが、読者の心の中にはその光景がくっきりと浮かびます。

④上記で述べたことの延長になりますが、ある動きを表す動詞や形容詞の中には、他の語と組み合わされた結果、ふつうに考えればありえないことを表現している場合があります。こんなときもやはり、使われている語にあまりとらわれず、そこから受けるイメージを大切にしましょう。

[例] ...felt his stomach disappear [Chap.2]
　　　胃袋が消えてなくなるかと思った［邦訳p.31］

　胃袋が消えるはずはありません。でも、J.K.Rowlingはここで、ペチュニアおばさんの作ったプディングが天井近くを浮遊しているのを見たハリーのショックを描こうとしているのです。もしも

不安が的中してプディングが飛び散るようなことになったら、ハリーは罰せられるにちがいありません。そう思うと、胃がぎゅっと締めつけらるかのようだったのです。

[例] a mad gleam dancing in his eyes [Chap.2]
　　おじさんの目には怒りの炎がメラメラ踊っていた [邦訳p.34]

　こうした表現は、英語でたびたび使われるわけではありません。danceという動詞がこのような形で用いられることは、おそらくまれでしょう。しかし、バーノンおじさんの怒りを鮮やかに浮かびあがらせ、しかも文章に美しさを添えている表現ですね。

　上記のことをしっかりと心にとめ、個々の単語の教科書どおりの意味ではなく、文章からイメージをとらえるように心がけるならば、だんだん容易に読めるようになっていくはずです。記述全体を理解する鍵は、ひとつひとつの単語の中にあるのではなく、単語の組み合わせの中にあるのです。そして、こうした単語の組み合わせを文法的に分析するのではなく、それをもとに、あなたの想像力で生き生きとした絵を描きだすようにしましょう。J.K.Rowlingは、読者の心の中にイメージを呼び起こす文章の達人です。木（単語）を見て森（文章）を見ない読み方をしてしまっては、物語全体の美しさを味わえないし、Rowlingさんに申し訳ないですよね。

3. せりふの書き方と特徴

　英語のせりふを読むには、いくつか知っておかねばならないことがあります。以下に、その基本的な約束事をあげてみました。

①すべてのせりふは一対の引用符（' '）で囲まれています。

[例] 'No, he was selling.' [Chap.4]
　　「いいえ、売ってました」[邦訳p.85]

②コンマ（ , ）でせりふが終わったあとに続く文は、せりふの話された状況を示しています。感嘆符（！）や疑問符（？）で終わり、次の語が小文字で始まる場合も同様です。

［例］'As soon as I've found the Weasleys,' said Harry. ［Chap.4］
　　　＊「ウィーズリーさんたちを見つけたらね」とハリーは言った

［例］'*What?*' he said loudly. ［Chap.7］
　　　「なんだって？」ハリーが大声で言った［邦訳*p.*178］

③せりふの直前にある文がコンマで終わっている場合、その文はせりふの話される状況を示しています。

［例］Colin called after him in a piping voice, 'I'll go and get a good seat, Harry!' ［Chap.7］
　　　＊コリンは彼の後ろから甲高い声で言った。「ハリー、僕はいい席を取りにいくよ！」

④せりふの段落の終わりに閉じる引用符（'）がない場合、同じ話し手のせりふが次の段落に続いていることを示します。この場合、次の段落は引用符（'）から始まります。

［例］'...I will attract your attention when it is time to pack up.
　　　'Four to a tray...' ［Chap.6］
　　　「……あとかたづけをする時間になったら、わたしからそのように合図します」
　　　「一つの苗床に四人……」［邦訳*p.*137～138］

⑤せりふ自体は、過去形で話されることもあれば、現在形や未来形で話されることもありますが、その話された状況を表す動詞は常に過去形です。

［例］'But how do we prove it?' said Harry darkly. ［Chap.9］
　　　＊「でも、どうやって証明する？」ハリーは浮かないようすで言った

⑥せりふには話し手の話し方の特徴が反映されますから、必ずしも文法的に正しいとは限りません。文から一語か二語、抜け落ちていることもあります。以下はその例と、それを文法的に正しく書き直したものです。

[例] 'Find anything, Dad?' [Chap.3]
　　→ '<u>Did you</u> find anything, Dad?'
　　　「パパ、なんかおもしろいもの見つけた？」[邦訳p.58]

[例] 'Morning, all,' [Chap.4]
　　→ '<u>Good</u> morning, all,.'
　　　「皆さん、おはよう」[邦訳p.67]

[例] 'Can't go in there,' [Chap.9]
　　→ '<u>We</u> can't go in there,'
　　　「ここは入れない」[邦訳p.232]

[例] 'Could've been anything,' [Chap.13]
　　→ '<u>It</u> could've been anything,'
　　　「そりゃ、なんでもありさ」[邦訳p.346]

⑦「……は言った」を意味する動詞とコンマ（あるいは動詞＋副詞＋コンマ）のあとに文が続くときは、話し手の行動について説明を加えています。

[例] '*You* don't care about Ginny,' said Ron, <u>whose ears were reddening now.</u> [Chap.9]
　　　「兄さんはジニーのことを心配しているんじゃない」ロンの耳が今や真っ赤になりつつあった［邦訳p.236]

[例] 'It's a shame you had to see him on a Burning Day,' said Dumbledore, <u>seating himself behind his desk.</u> [Chap.12]
　　　「ちょうど『燃焼日』にあれの姿を見ることになって、残念じゃったの」ダンブルドアは事務机に座りながら言った［邦訳p.309]

⑧イタリック体（斜字体）で書かれた語は、話し手がその語を強調していることを示します。

[例] '...Oh, it's *wonderful* to see you two again...' [Chap.4]
　　　「あぁ、また二人に会えて、わたしとっても*嬉しい*……」［邦訳p.83]

[例] 'Can you *believe* our luck?' [Chap.5]
　　　＊「僕たちの運のよさったら、*信じられる*？」［邦訳p.112]

また、英語以外の語(「ハリー・ポッター」シリーズの場合、そのほとんどは呪文)と本や新聞のタイトルも、イタリック体で書かれていることを覚えておいてください。

[例] Harry pointed his wand straight at Malfoy and shouted, '*Rictusempra!*' [Chap.11]
＊ハリーは杖をマルフォイに向けて叫んだ。「リクタスセンプラ！」

[例] '...Signed copies of *Magical Me* to the author of the best one!' [Chap.10]
「……一番よく書けた生徒にはサイン入りの『私はマジックだ』を進呈！」[邦訳p.243]

[例] It had been clipped out of the *Daily Prophet*, and it said: [Chap.12]
「日刊予言者新聞」の切り抜きだった [邦訳p.329]

⑨すべて大文字で書かれている語は、話し手が大声で叫んでいることを示します。

[例] 'HOW DARE YOU THREATEN DUDLEY!' roared Uncle Vernon, pounding the table with his fist. [Chap.1]
「ダドリーを脅すとは、ようもやってくれたもんだ！」バーノンおじさんは拳でテーブルをバンバン叩きながら吼えた [邦訳p.8]

[例] 'MIND THAT TREE!' Harry bellowed... [Chap.5]
「あの木に気をつけて！」ハリーは叫びながら…… [邦訳p.109]

⑩引用符(' ')に囲まれたせりふの中に、二重引用符(" ")に囲まれた語や文がある場合、誰か別の人が話したことや、どこか別のところに書かれたことを、話し手がそのまま引用していることを示します。

[例] 'Malfoy called her "Mudblood", Hagrid—' [Chap.7]
「マルフォイのやつ、彼女のこと『穢れた血』って言ったんだよ、ハグリッド——」[邦訳p.170]

読む前に知っておきたい必須語彙

「ハリー・ポッター」シリーズには頻繁に出てくる単語があり、その意味を理解しなければ、物語の楽しみが十分に味わえなくなってしまいます。ここでは、*Harry Potter and the Chamber of Secrets*を理解するうえで欠くことのできない、重要な単語をまとめてみました。ここに載せた単語はそれほど多くないので、最初にすべて覚えてしまってもいいでしょうし、本を読みながらその都度、参照してもいいでしょう。

bewitch　bewitchedという受身形で、charm、curse、enchantmentをかけられた状態を示す動詞。spellと同様、それが「よい」呪文か「悪い」呪文かにはかかわりなく使えます。

cauldron　火にかけて調理をしたり、魔法薬を煮詰めたりするのに使われる大きな鍋。素材は真鍮、錫、金、銀、銅など、さまざまです。現在ではめったに見られなくなりましたが、スーパーマーケットも自家用車も冷蔵庫もなかった数百年前、田舎の日常生活には欠かせない炊事道具でした。時間がたつと腐ってしまう肉や野菜も、cauldronに入れてぐつぐつ煮こみ、スープやシチューにしておけば、日持ちがするというわけです。しかし時代の流れとともに、cauldronは実用品というより、魔女を連想させる道具と考えられるようになりました。子どもたちはよく、cauldronをかき混ぜている魔女たちの絵を描きます。

charm　「よい」呪文 ("good" spell)。charmをかけられる人にとっては、役に立つ場合もあれば、あまりありがたくないいたずらの場合もありますが、どちらにしろ、相手に危害を加える悪意のある呪文ではありません。

cloak　肩をおおってあごの下で結び合わせる「マント」のこと。魔女や魔法使いの多くは、cloakをはおっています。

curse 「悪い」呪文 ("bad" spell)。相手を呪い、傷つけたり殺したりする目的で使われます。

Diagon Alley Diagon Alley（ダイアゴン横丁）は、ホグワーツの生徒たちが教科書や学用品を調達する場所です。ロンドンのパブThe Leaky Cauldron（漏れ鍋）の中庭にあるゴミ箱の上の、左から3つ目のレンガを叩くと、この横丁に入ることができます。

　Diagon Alleyをふつうにしゃべる速さで発音すると、diagonally（対角線上に、斜めに）と聞こえます。これは、Diagon Alleyの世界がマグルの世界と対角線上にあることを示しています。SF小説ではよく「パラレル・ワールド」といって、わたしたちの世界とparallel（平行）の世界が描かれますが、それとは異なる位置関係にあるのです。

　こうして考えてみると、diagonalな世界というのはきわめて論理的です。もしも魔女・魔法使いの世界がマグルの世界とparallelの関係にあるのだとしたら、いつまでたっても平行線をたどるばかりで、ふたつの世界が出会うことはありません。対角線上にあればこそ、ふたつの世界はどこかで交わることができるのです。

---

enchantment 呪文の中でも最良のもの。人であれ、ものであれ、場所であれ、対象をよりよいものに変えます。enchantmentをかけられたものは、神々しいほどの魔法の美に輝きます。たとえば、ホグワーツの大広間の天井では、黒いビロードを背景に星がまたたいていますが、これはenchantmentによるものでしょう。

---

hex hexはspellと同義語で、よい呪文にも悪い呪文にも使うことができます。また、動詞として用いることもできます。

---

incantation 魔法をかけるときに実際に唱える呪文の言葉。たとえば、記憶を消し去る魔法Memory Charmをかけるときのincantationは*Obliviate*です。

Invisibility Cloak Invisibility Cloakは、亡くなったハリーの父親ジェームズからダンブルドア先生を通してハリーに贈られたマント。銀色の布製で、これをからだにまとうと、他の人たちからはまったく姿が見えなくなります。邦訳は「透明マント」。

jinx jinxはhexやspellと同じ意味で、よい呪文にも悪い呪文にも使うことができますが、たいていは人に害を及ぼす悪い呪文に使われます。動詞として用いられることもあり、たとえば...has been jinxedといえば、「……に呪文がかけられた」という意味です。

Muggle 魔法使いの血がまったく混じっていない人間のことを指す、魔法界の用語。つまり、あなたやわたしのような、ごく一般的な人のことです。

parchment parchment（羊皮紙）は紙の祖先。羊の皮をなめして作った薄く柔らかなシートで、公文書の記録などに使われていました。紙の発明とともに、parchmentという語は「記して伝達するもの」を意味するようになり、その結果、綴じられていない文書（証書など）を指すようになりました。

　現代の人々がこの語から思い浮かべるのは、風格のある厚めの紙に書かれた古文書でしょう。その古めかしさのせいか、内容が何であれ、現代の文書よりもっと重大なことが書かれているように思えてしまいます。

potion さまざまな原料を混ぜあわせた液体で、「薬」や「魔法薬」として使われます。Potionsは「魔法薬学」です。

prefect public schoolでは、校長によって選ばれたprefect（監督生）と呼ばれる生徒たちが、学校の風紀を維持するため、学内をパトロールします。他の生徒たちに権威を示すため、prefectは、襟につける小さなバッジを与えられます。

quill quillは昔のペン。鳥の羽根の軸先にインクをつけて文字を書きます。

robe 通常、儀式などで使われる長い外衣（ローブ）。ホグワーツ魔法魔術学校に到着した生徒たちは、Sorting Hat（組分け帽子）の儀式に出席するにあたって、robeの着用を義務づけられています。

spell　呪文の目的の善し悪しを問わず、charm、curse、enchantmentを含む呪文全体について用いられる語。そのため、呪文全般に関する本のタイトルに使われています。たとえば、呪文学の授業では*The Standard Book of Spells*(『基本呪文集』)という教科書を使っていますが、もしもこれが*The Standard Book of Charms*というタイトルだとしたら、この教科書には「よい」呪文しか載っていないことになり、「悪い」呪文については別の教科書が必要になってしまいます。

wand　魔女や魔法使いは、魔法の呪文をかけるときにwand(杖)を使います。ふつうは木製で、さまざまな木が用いられます。

warlock　黒魔術を行う男の魔法使い。

witch　魔法を使うことができ、魔法に関するさまざまなことを行う女性(魔女)。

witchcraft　魔女の使う魔法、魔術。

wizard　魔法を使うことができ、魔法に関するさまざまなことを行う男性(魔法使い)。

wizardry　魔法使い(男性)の使う魔法、魔術。

本書の構成と使い方

本書は、さまざまな読み方に対応できるように構成しました。必須語彙の章と英文の記述規則の章、そして*Harry Potter and the Chamber of Secrets*の全章に対応する18章に分かれています。その各章は次の構成です。

◆この章の中で使われている語彙のデータ
- 語数……この章の総語数
- 会話の占める比率……この章の総語数に対する会話の語数と比率
- CP語彙レベル1, 2 カバー率……CP語彙レベルはコスモピアが作成した語彙リスト。中学生、高校1, 2年生くらいまでに学習する基本的な語彙の数がこの章の総語数の中に占める比率
- 固有名詞の比率……この章の総語数に対する固有名詞の比率

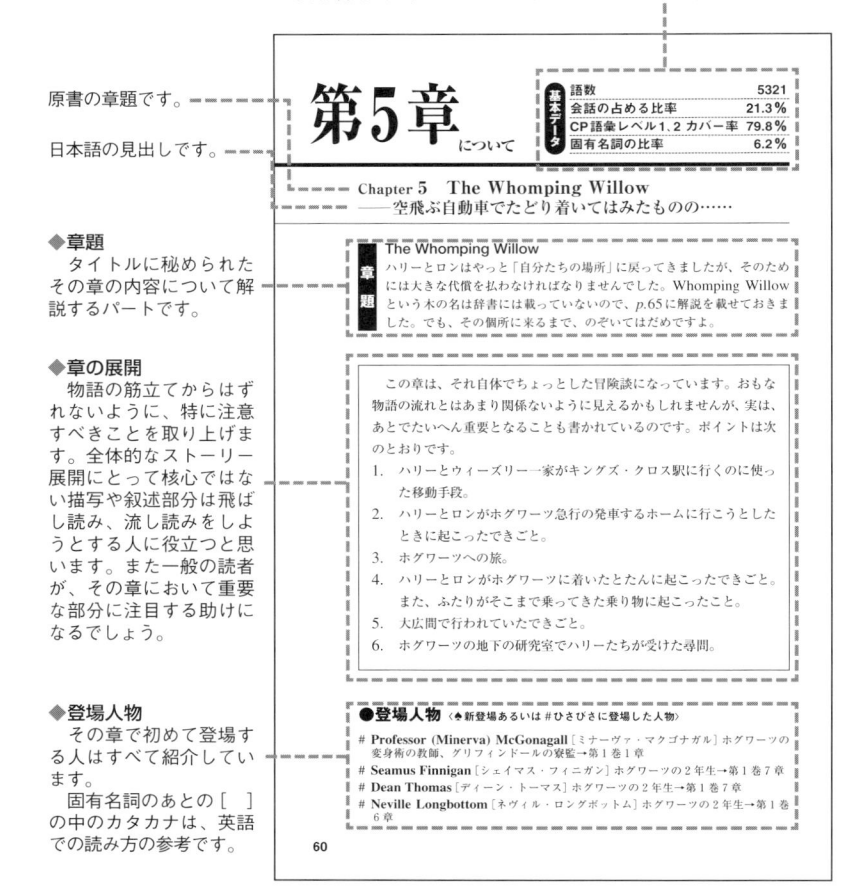

原書の章題です。

日本語の見出しです。

第5章 について

基本データ	
語数	5321
会話の占める比率	21.3%
CP語彙レベル1, 2 カバー率	79.8%
固有名詞の比率	6.2%

Chapter 5　The Whomping Willow
――空飛ぶ自動車でたどり着いてはみたものの……

◆章題
タイトルに秘められたその章の内容について解説するパートです。

章題　The Whomping Willow
ハリーとロンはやっと「自分たちの場所」に戻ってきましたが、そのためには大きな代償を払わなければなりませんでした。Whomping Willowという木の名は辞書には載っていないので、p.65に解説を載せておきました。でも、その箇所に来るまで、のぞいてはだめですよ。

◆章の展開
物語の筋立てからはずれないように、特に注意すべきことを取り上げます。全体的なストーリー展開にとって核心ではない描写や叙述部分は飛ばし読み、流し読みをしようとする人に役立つと思います。また一般の読者が、その章において重要な部分に注目する助けになるでしょう。

この章は、それ自体でちょっとした冒険談になっています。おもな物語の流れとはあまり関係ないように見えるかもしれませんが、実は、あとでたいへん重要となることも書かれているのです。ポイントは次のとおりです。
1. ハリーとウィーズリー一家がキングズ・クロス駅に行くのに使った移動手段。
2. ハリーとロンがホグワーツ急行の発車するホームに行こうとしたときに起こったできごと。
3. ホグワーツへの旅。
4. ハリーとロンがホグワーツに着いたとたんに起こったできごと。また、ふたりがそこまで乗ってきた乗り物に起こったこと。
5. 大広間で行われていたできごと。
6. ホグワーツの地下の研究室でハリーたちが受けた尋問。

◆登場人物
その章で初めて登場する人はすべて紹介しています。

固有名詞のあとの［　］の中のカタカナは、英語での読み方の参考です。

●登場人物 （♠新登場あるいは#ひさびさに登場した人物）
Professor (Minerva) McGonagall［ミナーヴァ・マクゴナガル］ホグワーツの変身術の教師、グリフィンドールの寮監→第1巻1章
Seamus Finnigan［シェイマス・フィニガン］ホグワーツの2年生→第1巻7章
Dean Thomas［ディーン・トーマス］ホグワーツの2年生→第1巻7章
Neville Longbottom［ネヴィル・ロングボトム］ホグワーツの2年生→第1巻6章

さらに詳しい説明が書かれているページを指します。

◆語彙リスト

「ハリー・ポッター」シリーズは子どもから大人まで、さまざまな人に愛読される物語ですから、原書を読もうとする方もさまざまなはず。できるだけ、多くの方の便宜を図れるように考えました。

まず、その章で物語が展開する場面ごとに分けて、読者がひっかかりそうな単語・熟語などを取り上げて解説します。*Harry Potter and the Chamber of Secrets* を英語だけで読み通そうとする人のためには同義の英語を、完全に読み解いていきたい人のためには日本語訳を紹介しました。

語彙リスト

隠れ穴のキッチンで
<英>p.53 /21 　<米>p.65 /1

conjured up (used magic to create) 魔法で作った
sumptuous (delicious) 豪華な
mouthwatering (delicious) よだれの出そうな、おいしい
treacle pudding 糖蜜のかかった蒸しパン
rounded off (ended) 締めくくった
Filibuster fireworks ドクター・フィリバスターの長々花火 **p.57**
up at cock-crow (up very early) 朝早く起きて **p.65**
colliding (bumping into each other) ぶつかりあう
stray (escaped) 歩きまわる、逃げ出した

ロンドンに出かける準備
<英>p.53 /21 　<米>p.66 /6

Ford Anglia フォード・アングリア *ウィーズリー氏がハリーを迎えに使った車。
reckoned (based his calculations) 判断した
Molly ウィーズリー夫人の名前
boot (trunk) 車のトランク
expanded (made larger) 広がった
glanced (looked) 見た
resembled... (looked like...) ……に似ていた
roomy (spacious) 広々とした
trundled (moved slowly) ゆっくりと動いた
skidded (slipped) 滑り横滑りした
motorway (highway/expressway) 高速道路
taps (light knocks) 軽く叩く
clambered (climbed) 乗った
Invisibility Booster 透明ブースター *車を他の車の目から見えなくする装置。
installed (fitted onto the car) 設置した

broad daylight (clear, bright daylight) 昼日中

キングズ・クロス駅で
<英>p.54 /22 　<米>p.67 /19

tricky bit (most difficult part) 最もむずかしい部分
platform nine and three quarters 9¾番線 *ホグワーツ特急の発車するホーム。→第1巻6章
vanishing (disappearing) 消える
nervously (anxiously) 心配そうに
In the blink of an eye (instantly) 瞬きする間に、一瞬のうちに
wedged (secured) しっかり固定されて
thump (noise) どさっという音
indignantly (with outrage) いきりたって
What in blazes... (what on earth...) いったいぜんたい……？
d'you (= do you)
dunno = don't know
curious (interested) 物珍しい高い
pit of his stomach (bottom of his stomach) 鳩尾
all his might (as hard as he could) 全力で
stunned (shocked) ショックを受けて
hollow (humourless) うつろな、うわべだけの
tensely (nervously) 緊張して
atten (= attention) 人目、注意 *人目につかぬ間、中でつい話やめていた
Restriction of Thingy
C'mon = come on
cavernous (large) 広々とした、大きな
taps (light knocks) 軽く叩く
starting the ignition (turning the engine) エンジンをかける
rumbling (moving stoically) 重々しい音をたてて進む

物語の場所を中見出しにしています。
<英>はBloomsbury社発行のペーパーバック版（ISBN 0-7475-3848-4）のページ数と行数
<米>はScholastic社発行のペーパーバック版（ISBN 0-439-06487-2）のページ数と行数

追加のワンポイント解説です。

◆語句の説明

見出し語は、原書の中で使われている形のまま引用しています。訳も原書の流れに沿った訳になっています。

必要に応じて、ことばや名称の詳しい解説や背景情報、イギリスおよびハリー・ポッターの魔法世界の社会文化について解説しています。「ハリー・ポッター」シリーズが、よりおもしろくなる情報です。

「語彙リスト」では説明しきれなかった語句の説明を「地の文」「せりふ」「魔法の道具」「呪文」などの項目に分けて説明しています。

▶▶せりふ

Third time this week

「原書を読む方へのアドバイスとJ.K.Rowlingの文章作法」で「文体は会話的」と書いたとおり、J.K.Rowlingはたびたび、話し言葉をそのまま地の文にしています。これはこの巻におけるその最初の例で、いくつかの語が省略されています。ここで省略されているのは、That is the... という部分。つまり、文法的に正しく書けば、That is the third time this week. (これは今週に入って3度目だ) となります。けれども、文法的に完全な英語だけを話す人などめったにいません。ネイティブ・スピーカーにとって、こういう英語はとても自然に聞こえるのです。

magic word

英語でふつうmagic word（魔法の言葉）と言えば、人にものを頼むときに使うpleaseのことを指しますが、これはその慣わしに基づいたジョークです。pleaseとつけ加えれば、それを言わなかった場合よりものごとがうまくいく——pleaseはそんな魔法のような効果を持つ言葉です。イギリスでは、親が子に礼儀を教えるときによく"What's the magic word?" と言います。「人に何かをお願いするときはなんていうの？ そう、ちゃんとpleaseっていう魔法の言葉をつけ加えるのよ」といった感じです。とはいえ、もちろん「ハリー・ポッター」シリーズに出てくるmagic wordには、別の意味もあります。それは読んでいくうちにわかるでしょう。

This could well be

これはよく使われるフレーズで、省略せずに言えば、There is a high possibility that this could be... (……になる可能性が高い) となります。

＊本書は、J.K.Rowling氏、または、ワーナー・ブラザーズのライセンスを受けて出版されたものではなく、本書著作者および出版社は、J.K.Rowling氏、または、ワーナー・ブラザーズとは何ら関係ありません。
＊「ハリー・ポッター」シリーズの文章・固有名詞などの著作権は、現著作者のJ.K.Rowling氏に、日本語訳は訳者の松岡佑子氏と翻訳出版元の静山社にあります。
＊本書は既出の固有名詞などの訳は松岡佑子氏の訳によっています。

参考資料

Harry Potter and the Philosopher's Stone (by J.K.Rowling)
Bloomsbury Publishing Plc, UK. 1997   ISBN: 0-7475-3274-5

Harry Potter and the Chamber of Secrets (by J.K.Rowling)
Bloomsbury Publishing Plc, UK. 1998   ISBN: 0-7475-3848-4

Fantastic Beasts & Where to Find Them (by Newt Scamander)
Bloomsbury in association with Obscurus Books, UK. 1998
ISBN: 0-7475-3848-4

Collins Gem Latin Dictionary
HarperCollins Publishers, UK. 1996   ISBN: 0-00-470763-X

『ハリー・ポッターと賢者の石』　　松岡佑子・訳　　静山社

『ハリー・ポッターと秘密の部屋』　　松岡佑子・訳　　静山社

「ハリー・ポッター」Vol.2
Harry Potter and the Chamber of Secrets を
1章から18章まで読み通す

第1章 について

基本データ	
語数	2572
会話の占める比率	24.4%
CP語彙レベル1,2 カバー率	79.7%
固有名詞の比率	7.3%

Chapter 1　The Worst Birthday
――誕生日の訪問者たち

章題

The Worst Birthday
このタイトルの意味は、見ただけですぐにピンと来るのではないでしょうか。子どもたちにとって、誕生日はとても大切な日。一年のうちでプレゼントをもらえる日と言ったら、まず誕生日とクリスマスですからね。子どもたちにとって最悪の誕生日とは、プレゼントのもらえない誕生日のことにちがいありません。さて、この場合はどうなのでしょうか。まずは読んでみましょう。

章の展開

シリーズ物の本の第1章にはそれまでのあらすじが書かれていることが多く、前の巻を読んだ人にとっては、たいていあまりおもしろくないものです。しかし、この*Harry Potter and the Chamber of Secrets*の第1章は非常に展開が早く、この先重要となる情報が述べられています。以下のことに注目してみましょう。

1. ハリー・ポッターとはどんな男の子か。また、その生活のあらまし（*Harry Potter and the Philosopher's Stone*を読んでいない人のため）。
2. ダーズリー家の人たちは、誕生日を迎えたハリーをどのようにあしらったか。
3. その日の夕食に招待されたお客。その人たちを迎える準備と、そのあいだにハリーが命じられたこと。
4. ハリーが庭で考えていたこと。
5. 庭の生垣でハリーが見つけたもの。
6. 章の最終行。

●登場人物 〈♠新登場あるいは #ひさびさに登場した人物〉

Vernon Dursley［ヴァーノン・ダーズリー］Harry Potterの伯父さん→第1巻1章
Harry Potter［ハリー・ポッター］主人公→第1巻1章
Petunia Dursley［ペチューニア・ダーズリー］Vernon Dursleyの妻→第1巻1章
Dudley Dursley［ダドリー・ダーズリー］Vernon Dursleyの息子→第1巻1章
Snape (Severus)［セヴァラス・スネイプ］ホグワーツ魔法魔術学校の魔法薬学の教師→第1巻7章
Hagrid (Rebeus)［ルビアス・ハグリッド］ホグワーツ魔法魔術学校の鍵と領地を守る番人→第1巻1章
Hedwig［ヘッドウィッグ］ハリーのペットのふくろう→第1巻6章
Lord Voldemort［ヴォルデモート］闇の魔法使い→第1巻1章
♠ **Mr and Mrs Mason**［ミスター・アンド・ミセス・メイソン］ダーズリー氏の商談相手→*p.30*
Ron Weasley［ロン・ウィーズリー］ハリーの友人でホグワーツの生徒→第1巻6章
Hermione Granger［ハーマイオニー・グレインジャー］ハリーの友人でホグワーツの生徒→第1巻6章
Draco Malfoy［ドレイコウ・マルフォイ］ホグワーツの生徒→第1巻6章

語彙リスト

第1章について

プリベット通り4番地で
＜英＞*p.7 l.1* ＜米＞*p.1 l.1*

hooting (ふくろうが) ホーホー鳴く
Third time this week! ▶▶ *p.29*
roared (shouted) 叫んだ
have to go (have to leave) いなくならなくてはならない ＊ここでは「始末してしまえ！」というような意味。
dangling (hanging suspended) ぶら下がって
bushy (thick with hair) （毛が）もじゃもじゃの
exchanged dark looks ▶▶ *p.28*
belch (burp) げっぷ
sweetums ダドリーへの愛情をこめた呼びかけ
massive (huge) 巨大な
Smeltings ダドリーの学校の名前
drooped (hung) 垂れ下がって
magic word 魔法の言葉 ▶▶ *p.29*

gasped (drew in his breath) 息を飲んだ
throbbing (pulsating) 脈打つ、どきどきする
temples (side of the head) こめかみ
pounding (hitting) 叩きながら
TOLERATE (stand for) 我慢する、大目に見る
ABNORMALITY (strangeness) 異様なこと、まともでないこと
heave (pull) 引っ張る ＊ここの場合「助け起こす」。
winded (out of breath) 息切れした
master (teacher) 教師
Great Hall 大広間（ホグワーツの生徒たちが食事をする大きなホール）▶▶ 第1巻7章
dormitory 共同寝室 ▶▶ *p.66* ▶▶ 第1巻7章
Forbidden Forest 禁じられた森
　＊ホグワーツの敷地内にある森で、さまざ

まな生き物がすんでいます。
Quidditch クィディッチ ▶▶*p.82* ▶▶第7章
cauldron 大鍋 ▶▶*p.16*
top-of-the-range (best available model) 最高級の、手に入れることができるもののうちで最高の
Nimbus Two Thousand ニンバス2000 ＊ハリーに贈られた空飛ぶ等の名前。▶▶第1巻9章
house Quidditch team 寮のクィディッチ・チーム ▶▶*p.28*
Muggles マグル ＊魔女や魔法使いではないふつうの人々のこと。
as far as they were concerned (from their point of view) 彼らの目から見れば
porky (resembling a pig) 豚のような
on the other hand (on the contrary) 一方、これにひきかえ
brilliant (bright) 輝く
jet-black (dark black) 漆黒の、真っ黒な
scar (visible remains of a wound) 傷痕
odd (strange) 変わった、おかしな
This could well be ▶▶*p.29*
deal (business transaction) 取引
fortnight (two weeks) 2週間
some rich builder ▶▶*p.28*
run through (practice) ひととおり目を通す
promptly (quickly) 即座に
graciously (with hospitality) 愛想よく、丁重に、
foul (ugly) 醜い
simpering (appeasing) 作り笑いを浮かべる
rapturously (gleefully) 大喜びで、有頂天で
rounded on... (turned towards...) ……のほうを向いた
tonelessly (in a flat voice) 一本調子で、抑揚なく
viciously (spitefully) 嫌味ったらしく
Precisely (exactly) そのとおり

burst into tears (suddenly started crying) わっと泣きだした
ducked (crouched) ひょいとかがんだ
fought (tried hard) 必死で……した
emerged (exited) 現れた、出てきた
Too right you will ▶▶*p.30*
signed and sealed (concluded) 署名捺印されて、取引が完了して
News at Ten「10時のニュース」＊毎晩10時に放映されるテレビのニュース番組。
Majorca スペインの島の名前

プリベット通り4番地の庭
＜英＞*p.11* *l.22* ＜米＞*p.7* *l.15*

slumped down (sat down heavily) どさっとすわった
under his breath (quietly to himself) 小声で
gazed (stared) 見つめた
miserably (unhappily) 惨めな気持ちで
hedge (line of bushes) 生垣
dung (manure) 糞 ＊dung beetleは「フンコロガシ」。
muttering nonsense (quietly saying nonsensical words) 意味のない言葉をつぶやく
tearing (dashing) あわてて駆けだす
taunting (teasing) からかう
term (semester) 学期
determined... (intent on...) ……をしようとしていた
slipped through ...'s clutches (escaped from...) ……から逃れた
drenched (soaked) 濡れて
livid (angry) 怒りに燃えた
bolt upright (up straight) まっすぐに、背筋をのばして
absent-mindedly (dreamily) ぼんやりと
enormous (huge) 巨大な
jeering (taunting) あざけるような
waddling (swaying from side to side like a duck) 体を左右に揺らして

歩きながら
sneered (spoke contemptuously) あざ笑った
freak place (place of strange creatures) 変なやつらのいるところ ＊ダドリーはホグワーツのことを指してこう言っているのです。
hitched (pulled) 引っ張った
stumbled (tripped) よろめいた
chuck ... out (throw...out) ……を放り出す
Jiggery pokery / Hocus pocus / squiggly wiggly [ジッガリー・ポウカリー／ホウカス・ポウカス／スクウィッグリー・ウィッグリー] ＊どれもハリーがダドリーをからかうために唱えた、でたらめな呪文。
MUUUUUUM = Mum!
howled (yelled) 叫んだ
you know what あれ ＊ここでは「魔法」のこと。
paid dearly (was heavily punished) 多くの犠牲を払った、ひどく罰せられた
heavy blow (powerful swing) 強力なパンチ
soapy (covered in soap) 洗剤の泡だらけの
lolled (lazed) のらくらした
mowed the lawn (cut the grass) 芝を刈った
pruned (cut) 刈りこんだ、剪定した
blazed (shone brightly) 輝いた、照りつけた
risen to ...'s bait (fallen into ...'s trap) ……の挑発にのって、……のわなにはまって
manure (dung) 堆肥

プリベット通り4番地のキッチン
<英> *p.*13　*l.*31　　<米> *p.*10　*l.*18

gladly (happily) うれしく、喜んで
gleaming (spotless) ぴかぴかの
fridge (= refrigerator) 冷蔵庫
mound (pile) (何かを積み上げた) 山
sugared violets スミレの砂糖漬け
joint (lump of [meat]) (肉の) 大きな塊
sizzling (肉が) ジュージュー音をたてる
snapped (said abruptly) 突然言った
bolted down (quickly ate) 急いで飲みこんだ
pitiful (unappetizing) 惨めな ＊ここでは、まずくて量の少ない食事を指しています。
whisked (snatched) さっと取り払った、さっさと片づけた

部屋に戻る途中
<英> *p.*14　*l.*2　　<米> *p.*11　*l.*1

caught a glimpse (saw fleetingly) ちらりと見た
landing 階段の踊り場
furious (angry) 怒った
foot of the stairs (bottom of the stairs) 階段の下
collapse (fall onto) 倒れこむ

▶▶ 地の文

exchanged dark looks

> dark lookはfrown（しかめっ面）のこと。ここの場合のexchange（交換する、取り交わす）は、バーノンおじさんがペチュニアおばさんにしかめ面をしてみせ、ペチュニアおばさんもそれに同意を示して顔をしかめたという意味です。

house Quidditch team

> イギリスの学校はいくつかのhouse（寮、学寮）に分けられています。生徒たちはみな入学と同時にhouseのどれかに振り分けられ、卒業までその寮のメンバーとなります。寮にはそれぞれ自分たちのチームがあり、寮対抗で試合が行われます。ホグワーツ魔法魔術学校には4つの寮がありますが、詳しいことはのちほど5章 $p.66$ で。

some rich builder

> この場合のsomeは「いくつかの」という意味ではなく、「ある」金持ちの建設業者 (a certain rich builder) という意味です。「いくつかの」と「ある」の違いを見分けるには、someのあとに来る名詞に注目してください。もしもsome rich buildersのように名詞が複数形ならば「いくつかの」の意味。もしも名詞が単数形ならば「ある、特定の」の意味です。

▶▶ **せりふ**

Third time this week!

　　　「原書を読む方へのアドバイスとJ.K.Rowlingの文章作法」で「文体は会話的」と書いたとおり、J.K.Rowlingはたびたび、話し言葉をそのまま地の文にしています。これはこの巻におけるその最初の例で、いくつかの語が省略されています。ここで省略されているのは、That is the...という部分。つまり、文法的に正しく書けば、That is the third time this week.（これは今週に入って3度目だ）となります。けれども、文法的に完全な英語だけを話す人などめったにいません。ネイティブ・スピーカーにとって、こういう英語はとても自然に聞こえるのです。

magic word

　　　英語でふつうmagic word（魔法の言葉）と言えば、人にものを頼むときに使うpleaseのことを指しますが、これはその慣わしに基づいたジョークです。pleaseとつけ加えれば、それを言わなかった場合よりものごとがうまくいく──pleaseはそんな魔法のような効果を持つ言葉です。イギリスでは、親が子に礼儀を教えるときなどによく"What's the magic word?"と言います。「人に何かをお願いするときはなんていうの？　そう、ちゃんとpleaseっていう魔法の言葉をつけ加えるのよ」といった感じです。とはいえ、もちろん「ハリー・ポッター」シリーズに出てくるmagic wordには、別の意味もあります。それは読んでいくうちにわかるでしょう。

This could well be

　　　これはよく使われるフレーズで、省略せずに言えば、There is a high possibility that this could be...（……になる可能性が高い）となります。

Too right you will

> too rightとは俗語で「まったくそのとおり」の意味。ここの場合、バーノンおじさんはハリーに、自分の部屋で静かにしているようにと強調しているのです。

▶▶ **名前**
Mr and Mrs Mason

> Mason夫妻は物語の中でそれほど大きな役割を果たしているわけではありません。それでもJ.K.Rowlingは、ちょっとした言葉遊びの機会を逃しません。物語によれば、Mason氏はbuilder（建設業者）。名前がそれを裏づけています。masonとは古くからある英語で「石工」のこと。イギリスの建物はみな石造りなので、masonをより一般的な語に言い換えればbuilderとなるわけです。

What's More 1

イギリスの気候

　Bloomsbury版ペーパーバック16ページの下のほうには、"Harry moved gladly into the shade of the gleaming kitchen."（邦訳「ハリーは日陰に入れるのが嬉しくて、ピカピカに磨きあげられたキッチンに入った」）とあり、その3行上には、それが "half past seven in the evening" のことだったと書かれています。これを読んで、「夜の7時半なのに日陰？」と不思議に思いませんか。この章はハリーの誕生日、つまり7月29日のできごとです。7月の終わりには、イングランド南部では午後9時かそれ以後まで、太陽が沈みません。夏至（6月20日頃）のころには、なんと午後10時近くまで明るさが残っているのです（ちなみに、イギリスではサマータイムが実施されています）。

　これは、イギリスの緯度が日本よりずっと北にあるからです。ロンドンの緯度は札幌と同じぐらい。そのため、夏は日が長いのです。一方、冬はとても日が短く、太陽は朝8時ごろになってやっと昇り、午後4時を過ぎるとまもなく沈んでしまいます。

　ご存じのように、イギリスは曇りや雨の天気が多いことで知られています。そしてそれにはもちろん理由があります。イギリスは、北から吹きつける非常に冷たいジェット気流の通り道に位置しています。この気流のもたらす寒気が、地中海からの暖気とイギリス上空でぶつかりあって雲が生じるため、ブリテン島はいつも雲に覆われているような状態なのです。

実際、ロンドンのウェストミンスター地区は、イギリス観測史上最短の日照時間の記録を保持しています。この地区では1890年12月の1カ月間、月間日照時間がゼロという記録です。

　片やEast Sussex州Eastbourneは、イギリス最長の日照時間の記録を保持しています。それは1911年7月に383.9時間という記録で、平均すると1日あたり12.38時間も太陽が照っていたことになります。

　さて、雪はどうでしょうか。イギリスは北海道と同じぐらい北にあるのだから、冬はさぞ雪に覆われているのだろうと思われるかもしれませんね。ところが、実はそうではありません。イギリスは北にあるにもかかわらず、暖流と地中海からの暖気との影響で、それほど気温が下がりません。1年で最も寒い1月でも、その平均気温は4.2℃です。イギリスではまったく雪が降らないというわけではありませんが、ロンドンとその近郊では、降ってもせいぜい年に5回程度。まったく降らない年もあります。

　ところで、7月の終わりに、ハリーはいったいどのぐらいの気温の中で過ごしているのでしょうか。ロンドンとその近郊で、この時期の平均気温は17.6℃。これは湿度が低く比較的涼しい夜間の気温を含めた平均なので、日中の気温は20℃から25℃ぐらいになると言ったほうが、実感としてわかりやすいかもしれません。もっとも、2003年8月10日、Kent州Brogdaleでは、イギリス観測史上最高の38.5℃が観測されていますが……

　ちなみに観測史上最低の気温は、1982年1月10日、Shropshire州Newportで観測されたマイナス26.1℃です。ぶるぶるぶる……

第2章について

基本データ		
語数		2879
会話の占める比率		38.3%
CP語彙レベル1、2カバー率		79.3%
固有名詞の比率		6.0%

Chapter 2　Dobby's Warning
──招かれざる客

章題

Dobby's Warning

Dobbyとは、この章で初めて登場する愛すべき妖精の名前です。Dobbyは今後、シリーズ全体にわたって登場しますので、よく覚えておいてくださいね。→p.38

章の展開

これから起こることをなんとなく予測させてくれるような、大切な章です。また、いたずらなドビーが登場し、その風変わりな話し方や行いで楽しませてくれる章でもあります。重要なポイントは次のとおり。

1. ドビーの性格とハリーに対する態度。
2. ドビーの警告。
3. ハリーが夏休み中、誰からも手紙を受け取らなかった理由。
4. ハリーを警告に従わせるために、ドビーがとった方法。
5. ハリーが魔法省から受け取った手紙。
6. ハリーがダーズリー家から受けた罰。
7. ハリーの寝室の窓の外にいた人物。

●登場人物　〈♠新登場あるいは#ひさびさに登場した人物〉

♠ **Dobby** [ドビー] 屋敷しもべ妖精
\# **Dumbledore** (Albus) [アルバス・ダンブルドア] ホグワーツの校長→第1巻1章
♠ **Mafalda Hopkirk** [マフォルダ・ホップカーク] 魔法省の職員

語彙リスト

ハリーの寝室
<英>p.15 l.1　<米>p.12 l.1

close thing (nearly failed) あやうく失敗しそうな状態
bulging (protruding) 突き出た
rips (torn holes) 裂け目
nervously (anxiously) 不安に
hung his head ▶▶p.35
earnestly (eagerly) 熱心に、心から
wailed (cried) 泣いた
offend (insult) 侮辱する
ushered (guided) 導いた
adoration (love) 敬愛、尊敬
leapt (jumped) 飛び上がった
springing (jumping) 飛び上がって
screech (scream) 甲高い声
spoke ill of (said something bad about) 悪口を言った
bound to... (obliged to...) ……しなければならない、……する義務がある
most grievously (very severely) 非常にきびしく
get on with (carry out without interference) そのまま続ける
hard-done-by (unfortunate) 不当な扱いをされて
gratitude (appreciation) 感謝
frantically (urgently) 必死で
modest (humble) 謙虚な
reverently (adoringly) 尊敬をこめて、うやうやしく
aglow (bright) 輝いて
triumph (victory) 勝利
He Who Must Not Be Named 名前を呼んではいけないあの人 ＊ヴォルデモート卿のこと。
speak not the name (don't say the name) ▶▶p.37
headlamps ヘッドライト
heard tell (heard a rumour) 噂を聞いた
hoarsely (huskily) かすれた声で
Dark Lord 闇の帝王 ＊ヴォルデモート卿のこと。
dabbing (patting) 軽く叩きながら
grubby (dirty, soiled) よごれた、汚らしい
valiant (courageous) 勇敢な
bold (brave) 大胆な、恐れを知らぬ
braved (challenged) 勇敢に立ち向かった
silence broken only by ▶▶p.35
chink (metallic noise) （金属が）チャリンという音
rumble (low-pitched noise like thunder) (雷鳴のように) ゴロゴロいう音
September the first 9月1日 ＊イギリスでは9月初めに新学期が始まり、7月中旬で学年度が終わります。
all that's keeping me going (the only thing that provides encouragement) それがあるからこそ耐えられる
flapped (made a sound like bird wings) パタパタさせて
mortal danger (life-threatening danger) 命を脅かすような危険
plot (conspiracy) 陰謀
trembling (shaking) 震えながら
peril (danger) 危険
struck him (occurred to him) （考えが）彼に浮かんだ
Hang on (wait a moment) ちょっと待って
You Know Who 例のあの人 ＊ヴォルデモート卿のこと。
shake or nod 首を横に振るか縦に振るか ▶▶p.37
hastily (quickly) あわてて
tilted (angled) 傾けて
completely at sea (totally confused) 途方に暮れて ▶▶p.36
height of his strength (peak of his strength) 最高潮のときの力
bounded (jumped) 跳びはねた
seized (grabbed) つかんだ
ear-splitting (loud) 耳をつんざくよ

うな
yelps (cries) 叫び声
thudding (pulsating) どきどきする、鼓動する
tyke 男の子に対する愛情をこめた呼びかけ
stuffing (cramming) 詰めこみながら
flinging (throwing) 投げる ＊fling oneselfで「飛びこむ」の意味。
What-the-devil...? (what on earth...?) いったい……？
gritted (clenched) 食いしばった
ruined (spoiled) 台無しにした
stomped (walked heavily) ドスンドスンと足を踏み鳴らしながら歩いた
slyly (furtively) ずる賢いようすで
shuffled (moved) 動かした
nimbly (athletically) すばしこく
wad (pile) (紙などの) 束
scrawl (large letters) (殴り書きした) 大きな文字
scribble (untidy writing) 殴り書きした文字
made a grab (tried to snatch) ひったくろうとした
gives ... his word (promises) ……と約束をする
darted (rushed) 全速力で走った

キッチンで
<英>*p.20 l.4*　　<米>*p.19 l.7*

lurching (moving in waves) 揺れる
dying to hear (eager to hear) 聞きたくてたまらない ▶▶*p.36*
croaked (said in a husky voice) かすれた声で言った
tragic (unhappy) 悲痛な
splattered (covered) 覆った
shattered (broke into many pieces) 粉々に割れた
crack (sharp noise) 鋭い音
burst (rushed) 飛びこんだ
rigid (stiff) 硬直して
gloss the whole thing over (make excuses) その場の体裁を繕う

＊glossのもともとの意味は「表面に光沢をつける」。
shooed (ushered) 追い払った、無理に立ち去らせた
flay him to within an inch of his life (beat him until he is nearly dead) 死にそうになるまで叩きのめす ＊直訳は「命が1インチ以下になるまで相手を叩く」。
dug (removed) 取り出した ＊dig (原形) のもともとの意味は「掘る」。そこから「手をつっこんで取り出す」という意味に。
scrubbing (cleaning) (モップや雑巾などで) こする、掃除する
swooped (flew swiftly) さっと舞った
banshee (screaming ghost) バンシー、泣き叫ぶ女の妖精
lunatics (people who are mentally deranged) 気の変になった人たち
clutching (holding) つかんで
advanced on him (moved towards him) 彼のほうに向かってきた
demonic glint (crazy glare) 悪魔のようなまなざし、怒り狂った目つき
tiny (very small) 小さな
brandishing (waving) 振りかざしながら
intelligence (information) 情報
Hover Charm 浮遊術 ▶▶*p.37*
place of residence (house) 住居
permitted (allowed) 許可されている
on your part (by you) あなたによる
expulsion (permanent suspension) 追放、除籍
said school (school in question) 問題となっている学校、該当する学校
Decree (law) 法令
sorcery (witchcraft) 魔法
International Confederation of Warlocks' Statute of Secrecy 国際魔法戦士連盟機密保持法
gulped (swallowed) 息を飲んだ
dare say (presume) あえて言う、たぶん……だと思う
bearing down on... (moving

towards...) ……に向かってくる

teeth bared (teeth showing in a growl)(怒りのあまり)歯をむき出して

expel (suspend permanently) 追い出す

dragged (pulled) 引きずって運んだ

cat-flap 猫が出入りできるようにドアに作った小さな戸口　＊ここの場合は、ハリーに食事を差し入れる戸口。

around the clock (twenty-four hours a day)1日24時間、一日中

ハリーの寝室で
<英>p.22　l.3　　<米>p.22　l.7

relenting (yielding)(罰則などを)和らげる

magicking 魔法をかける　＊magic(魔法)を動詞にした語。

rattled (made a noise) ガタガタ音をたてた

stone cold (completely cold) 非常に冷たい、冷め切った

soggy (damp) 水浸しの、びちゃびちゃの

ruffled (raised his feathers)(鳥が羽毛を)逆立てた

turning your beak up ▶▶ p.37

grimly (with resignation)(あきらめたように)素っ気なく

turn up (arrive) 現れる

rumbling (making a low thunder-like sound) ゴロゴロと鳴る

uneasy sleep (shallow sleep) 浅い眠り

goggled (stared) 目を丸くして見た

starving (very hungry) 飢えて

cut it out (stop it) やめてくれ

第2章について

▶▶ **地の文**

hung his head

まるでドビーが絞首刑にでもあったかのように聞こえるかもしれませんが(hang[hungの原形]には「絞首刑にする」の意味もあり)、そうではありません。ただ、がっかりして「うなだれた」だけですからご安心を。

silence broken only by

これは英語でよく使われる表現です。broken(原形break)という動詞は、しばらく続いていた静けさが、何かの物音で「破られた」ことを示し、そこにonlyがつくと、その物音は、あたりの静けさを完全に乱すほどの大きな音ではないことを意味します。この表現を使った例文をあげてみましょう。

＊ The silence was *broken only by* the wind rustling through the trees.

静けさを破るものは、木の葉を揺らす風の音だけだった。
* The silence was *broken only by* the waves lapping against the sand.
静けさを破るものは、砂浜に打ち寄せる波だけだった。

completely at sea

at seaとは「途方に暮れる」という意味。文字どおり、情報の「海」の中で進むべき方向がわからなくて困り果ててしまうこと、と考えてもいいでしょう。この句を使って、次のように言い換えることができます。
* I couldn't understand his explanation.
  → His explanation left me completely *at sea*.
  彼の説明はまるでわけがわからなくて、わたしは途方に暮れてしまった。
* The software instruction manual was difficult to understand.
  → The software instruction manual left me completely *at sea*.
  そのソフトウェアの解説書はまったく意味がわからず、途方に暮れてしまった。

dying to hear

dying to... (……がしたくてたまらない) は、英語の会話でとてもよく使われる表現です。おなかのすいている人はdying to eat、コーヒーか何かを飲みすぎた人はdying to go to the toiletというわけです。イギリスの子どもたちに人気の、こんなジョークもあります。
Q: Why are graveyards so popular?
  なぜ墓場はこんなに人気があるの？
A: Because everybody is *dying to* get into them.
dyingのもともとの意味「死ぬ」と掛け、「墓地に入りたがっている」と「死んで墓地に入る」いう二重の意味を持たせている、というわけですね。

▶▶ せりふ

speak not the name

　これはdo not say his name out loud（彼の名を口に出して言ってはならない）を古めかしい言い方で言ったもの。昔の文法は現在の文法とだいぶ異なり、否定語（ここではnot）は動詞（ここではspeak）の後ろに置かれることがよくありました。Shakespeareを原語で読んだことがある人は、この文型をたびたび見かけたことでしょう。

shake or nod

　ハリーはここで、ドビーの頭のことを言っているのです。shakeは首を横に振ること、つまりnoを意味し、nodは首を縦に振ること、つまりyesを意味します。返事を口にしなくても、「いいえ」か「はい」か身振りで答えてくれればいいよ、とハリーは言っているわけです。

turning your beak up

　本物の慣用句はturn your nose upで、ふつうは食べ物について、「……をばかにする」「……に鼻もひっかけない」という意味です。しかしここの場合、ハリーはこの句をヘドウィグ向きに変えています。ヘドウィグの場合、何かに近づけた鼻をつんと上に向けることはできなくても、くちばしをつんと上に向けることならできますからね。

▶▶ 呪文

Hover Charm

　ものを空中に浮遊させる呪文です。ここの場合、空中を浮遊したのはペチュニアおばさんの作ったプディング。結局、キッチンの床に落ちてしまいました。

▶▶ **魔法界の生き物**

house-elves（単数形は house-elf）

> 　　ドビーは house-elf（屋敷しもべ妖精）です。「ハリー・ポッター」シリーズの中で、house-elf は魔女や魔法使いの奴隷として描かれています。ドビーの話す言葉は非の打ちどころのない英語ではありますが、自分より身分の高い人に隷属しているという感覚がしみついています。相手を呼ぶとき、you の代わりに、敬称である sir や相手のフルネームを使っているのは、そのためです。もうひとつの特徴は、自分のことを I と言う代わりに、Dobby と言っていることです。これは隷属とは関係がなく、おそらく J.K.Rowling は、ドビーのかわいらしさを強調するために、そんな話し方をさせているのでしょう。自分のことを I と言わずに名前で呼ぶのは、とても子どもっぽい話し方なので、かわいらしく聞こえるのです。

What's More 2

ディナーパーティーのジョーク

　第2章には、ジョークについて触れている個所があります。日本人ゴルファーのジョークとアメリカ人の配管工のジョークです。イギリスのディナーパーティーでは、お客さまのもてなしにジョークが欠かせません。そしてバーノン・ダーズリーにはそんなときのためのレパートリーがあるようです。でも、バーノンおじさんの性格やユーモア感覚のなさから察すると、それほどおもしろいジョークは期待できそうにありませんね。

　とはいえ、せっかくですから、バーノンおじさんでもジョークを言ったりすることがあるという証拠に、ここでそのジョークを紹介しておきましょう。もちろん、J.K.Rowling はジョークの内容には触れていないのですから、これがバーノンおじさんの思い描いていたジョークであるという保証はありません。しかし、同じタイプのユーモアであるとは言えるでしょう。

日本人ゴルファーのジョーク(Japanese-golfer joke)

　さまざまな国籍の4人のビジネスマンがゴルフコースでプレーをしていると、電話の呼び出し音が聞こえた。カナダ人ゴルファーがゴルフバッグのほうへ走っていって携帯電話を取り出し、自分の会社のスタッフと少しばかり話をした。「最近じゃ、連絡を取りあうにはこれがなくっちゃね」彼がそう言うと、他の仲間たちも同意した。

少しして、また呼び出し音が聞こえた。アメリカ人ゴルファーが、まるで電話を握っているかのような仕草で片手を顔のわきにあて、会話を始めた。話し終えると、彼は友人たちに説明した。「最新の携帯なんだ。僕の親指にはスピーカーが、小指にはマイクロフォンがついている。そんなのがついていることさえ、わからないだろう？」
　数ホール進んだころ、また別の、くぐもったような呼び出し音が聞こえた。ドイツ人ゴルファーがそこに突っ立ったまま話しはじめた。今度もちゃんと相手と会話をしている。話し終えると、彼は説明した。「これこそ、最新技術を駆使した携帯なんだ。僕の耳にはスピーカーが埋めこまれ、前歯の裏にはマイクが設置してある。何もせず突っ立ったまま話ができるってわけさ」
　みなすっかり感心しながら、さらにゲームを続けた。突然、日本人ゴルファーが「ちょっと失礼」と言って、茂みの陰に入っていった。何分たっても戻ってこないので、アメリカ人ゴルファーがようすを見にいった。すると日本人ゴルファーは、ズボンをくるぶしまで下ろし、茂みの陰にしゃがみこんでいた。
「だいじょうぶか？」アメリカ人がたずねた。
「ああ」日本人ゴルファーは答えた。「でも、もうちょっとここにいさせてくれ。僕はファックスを待っているんでね……」

アメリカ人の配管工のジョーク
　オレゴン州で、弁護士の会議と配管工の会議が同時に開かれた。3人の配管工のグループと3人の弁護士のグループが、会議に出席するため、カリフォルニアから列車で出かけることになった。切符を買おうと並んでいるときに、弁護士たちは、配管工たちが1枚しか切符を買っていないことに気づいた。弁護士たちは切符を3枚買って列車に乗り、配管工たちがどうやって1枚の切符でやり抜けるのかを観察することにした。
　3人の配管工たちは列車に乗りこむと、ひとつのトイレにたてこもった。やがて車掌がやって来て、トイレのドアをノックしながら「切符を拝見」と言った。するとドアが開いて1本の腕がのび、車掌に切符を差し出した。
　会議が終わったあと、弁護士たちもこれを真似てみることにし、切符を1枚しか買わなかった。ところが配管工たちは、今度は切符を1枚も買わなかった。だが弁護士たちは、自分たちも何ドルか浮かすことができるのだからといって、配管工たちのことなど気にしなかった。みな列車に乗りこむと、弁護士たちはひとつのトイレにたてこもった。まもなく配管工のひとりがやって来て、ドアをノックして言った。「切符を拝見」

第3章 について

基本データ		
語数		4469
会話の占める比率		44.3%
CP語彙レベル1、2 カバー率		83.6%
固有名詞の比率		6.7%

Chapter 3　The Burrow
────ロンの家での楽しい朝食

章題

The Burrow
このタイトルは、「ハリー・ポッター」シリーズで大きな役割を果たしている人物の住まいを指しています。わたしたちがこの家に招かれるのは、今回が初めて。きっと楽しく過ごせるはずです。

章の展開

　少し長めの章ではありますが、おもにこれから起こるできごとに備えて舞台を整えるためにページが割かれ、物語の筋にとって大切な情報はあまり含まれていません。とはいえ、これはとても楽しい章です。前に出会ったことのある大好きな人たちが、ふたたび登場するのですから。

　ひとつアドバイスがあります。章の後半に出てくる *Gilderoy Lockhart's Guide to Household Pests*（『ギルデロイ・ロックハートのガイドブック──一般家庭の害虫』）という本の著者名を覚えておいてください。そのほかに注意したい点は次のとおりです。

1. ロンとその兄たちが選んだ交通手段。
2. ハリーはどのようにして寝室から脱出し、プリベット通りを去ったか。
3. ロンの母親と再会したハリー。
4. The Burrow（隠れ穴）の内部のようす。
5. ロンと兄たちが割り当てられた庭仕事。
6. ロンの妹（名前を覚えておいてくださいね）。
7. ロンの父親の帰宅。

● 登場人物 〈♠新登場あるいは #ひさびさに登場した人物〉

\# **Fred** (Weasley)［フレッド・ウィーズリー］Ronの兄。Georgeと双子→第1巻6章
\# **George** (Weasley)［ジョージ・ウィーズリー］Ronの兄。Fredと双子→第1巻6章
♠ **Lucius Malfoy**［ルシアス・マルフォイ］Draco Malfoyの父親
♠ **Errol**［エロル］Weasley家のふくろう
♠ **Hermes**［ハーミーズ］Percy Weasleyのふくろう
\# **Percy** (Weasley)［パーシー・ウィーズリー］Ronの兄→第1巻6章
♠ **Perkins**［パーキンズ］魔法省の職員
\# **Mrs Weasley** (Molly)［モリー・ウィーズリー］Ronの母親→第1巻6章
\# **Bill** (Weasley)［ビル・ウィーズリー］Ronの兄→第1巻6章
\# **Charlie** (Weasley)［チャーリー・ウィーズリー］Ronの兄→第1巻6章
♠ **Guilderoy Lockhart**［ギルデロイ・ロックハート］*Gilderoy Lockhart's Guide to Household Pests*の著者
♠ **Mr Weasley** (Arthur)［アーサー・ウィーズリー］Ronの父親
\# **Ginny** (Weasley)［ジニー・ウィーズリー］Ronの妹→第1巻6章
♠ **Mundungus Fletcher**［マンダンガス・フレッチャー］軽い罪に問われた魔法使い
♠ **Mortlake**［モートレイク］魔法界のケチ臭い犯罪者
\# **Scabbers**［スカッバーズ］Ronのペットのねずみ→第1巻6章

第3章について

語彙リスト

The Burrow 隠れ穴 ▶▶*p.46*

ハリーの寝室で
<英>*p.24 l.1*　<米>*p.24 l.1*

breathed (spoke softly) ささやいた
turquoise (light blue colour) ターコイズ・ブルー、トルコ石色
Bit rich coming from you ▶▶*p.45*
enchant (cast a magic spell) 魔法をかける
gibbering (talking rubbish) くだらないことをしゃべる
jerking (swiftly moving) ぐいと動かしながら
revved (increased the engine revolutions) エンジンの回転速度を上げた ＊このrevはcarが主語の自動詞です

が、車を運転する人間の側から見れば、クラッチを切るかギアをニュートラルにしてアクセルを踏むことです。
dangling (hanging suspended) ぶら下がる
Panting (breathing heavily) 息を切らしながら
hoisted (pulled) 引っ張った
You had to hand it to them ▶▶*p.44*
pick the lock (unlock a door with something other than a key) 鍵をこじあける
trunk (large suitcase) トランク
grab (take) かき集める
creaks (makes a noise) きしむ
Inch 約2.5cm
window-sill (ledge at the bottom of a window) 窓の下枠

Ruddy いまいましい ＊bloodyの婉曲語で、次に来る語を強めています。
tore (rushed) 駆けつけた
snatched up (grabbed) 引っつかんだ
scrambling (hurriedly climbing) あわててよじのぼった
hammered (pounded) 叩いた
split second (less than one second) １秒の何分の１かの時間、ほんの一瞬
framed (outlined) （額縁のように）手足を広げて立ちふさがって
bellow (cry) どなり声
roared (shouted) わめいた
slammed (closed violently) 力いっぱい閉めた
Put your foot down (let's go) それ行け！ ▶▶*p.45*

イギリス上空を飛ぶ車の中で
＜英＞*p.26 l.31* ＜米＞*p.27 l.28*

whipping (blowing through) はためかせる、なびかせる
dumbstruck (speechless) 唖然として
grinning from ear to ear (smiling heartily) 顔中をほころばせて ▶▶*p.45*
soared (flown) 舞った
fiasco (disaster) 騒動、災難
fishy (suspicious) 怪しい
dodgy (suspicious) 怪しい
something slip (revealing something) 何かをうっかり口にする
grudge (grievance) 恨み
craning around (turning his head) （鶴のように）首を伸ばした首をまわしながら
dung (manure) 糞
lousy (awful) ひどい、ろくでもない
ghoul (ghost) 幽霊
attic (loft) 屋根裏
gnomes ノーム ▶▶*p.46, 47*
manors (large houses) 大きな館
rolling in... (had lots of...) ……をたくさん持っている

strutting (walking with confidence) いばって歩く
ancient (very old) おそろしく歳をとっている
prefect 監督生 ▶▶*p.18*
oddly (strangely) 奇妙に
dashboard (control panel) ダッシュボード
twiddled (moved) 動かした、まわした
The Misuse of Muggle Artifacts Office マグル製品不正使用取締局
bewitching (casting spells on) 魔法をかける
berserk (crazy) 暴れ狂う
squirted (forcefully emitted) 噴き出した
clamped (attached) はさまれて、固定されて
going frantic (panicking) 大慌てになって
Memory Charms (magic spell to make people forget) 人の記憶を操作する呪文。ここの場合はその中でも「忘却術」 ▶▶*p.46*
mad about (extremely interested in) ……に夢中、……に興味津々
shed's (small hut usually located in the garden) 納屋、物置
drives ... mad (makes ... very angry) ……をかんかんに怒らせる
windscreen (front window of a vehicle) フロントガラス
clumps (copses) 木立
Ottery St Catchpole ［オッタリー・セイント・キャッチポウル］村の名前

隠れ穴に到着
＜英＞*p.29 l.23* ＜米＞*p.32 l.1*

tumbledown おんぼろの
yard (garden) 庭
pigsty (pig enclosure) 豚小屋
crooked (unstable) ゆがんだ
perched (placed) （高いところに）のった
lop-sided (uneven) いびつな

42

jumble (untidy pile) ごたごた、ものが乱雑に積み重なった山
wellington boots (rubber boots) ゴム長靴
cauldron 大鍋 ▶▶*p.16*
brilliant (wonderful) すばらしい
bounding (hurrying) 飛びはねるようにして
turned up (arrived) やって来た
wheeled around (turned around swiftly) さっと振り返った
remarkable (amazing) 注目に値する、驚くべき
sabre-toothed tiger ▶▶*p.45*
jaunty, winning voice (happy, persuasive voice) ほがらかな愛想のいい声
deadly whisper (low voice filled with fury) 怒りのこもった低い声
cowered (drew back in fear) (恐怖のために)縮こまった
rage (anger) 怒り
TAKING A LEAF OUT OF ...'S BOOK (emulating) ▶▶*p.45*
prodding (poking) 突きつけて
glance (look) ちらっと見ること

キッチンで
＜英＞*p.*30　*l.*35　　＜米＞*p.*33　*l.*28

cramped (lack of room) 狭苦しい
mantelpiece (shelf over a fireplace) マントルピース
sorceress (female sorcerer → witch) 魔女
clattering (making a noise) 音をたてる
haphazardly (unsystematically) 無計画に、行き当たりばったりに
dirty looks (angry stares) 怒りのまなざし
washing-up (dishes that need to be washed) よごれた食器
clinking (noise of dishes banging against each other) ぶつかって音をたてながら

buttering (spreading butter) バターを塗る
diversion (distraction) 気をそらすこと
squeal (high-pitched cry) 悲鳴
undertone (low voice) 低い声
Blimey (oh, dear) ああ　＊イギリスの俗語で、軽い驚きや興奮を示す語。God blind me!からきている。
snapped (said angrily) ぴしゃりと言った
de-gnome (rid of gnomes) ノーム(庭小人)を駆除する
out of hand (uncontrollable) 手に負えない
glaring (staring angrily) にらみつけながら
wretched (awful) ひどい、ろくでもない
dull (boring) 退屈な、つまらない
cheekily (mischievously) いたずらっぽく
beamed (smiled) にっこりした
audible (hearable) (音が)聞きとれる
woe betide (heaven help) ……に災いあれ　＊「ひどい目にあうことになっても知りませんよ」という意味の、古めかしい表現。

庭で
＜英＞*p.*32　*l.*32　　＜米＞*p.*36　*l.*15

grumbling (complaining) 不平を言いながら
gnarled (old and misshapen) (古い木が)ねじ曲がった
Father Christmases (Santa Clauses) サンタクロース
Gerroff me (= get off me) ここから離れろ！　放せ！
knobbly (bumpy) でこぼこした
lasso (rope with a loop at the end used for catching cattle) (家畜などを捕まえるための)投げ縄
dizzy (head spinning) 目がまわる
thud (dull noise) ドサッという音
Pitiful (useless) しょうもない

bet (I'm sure...) きっと……だと思う
stump (base part of a cut-down tree) 切り株
must've = must have
storm (hurry) 大急ぎでやって来る
stay put (stay where they are) その場でじっとする
straggling (untidy) ばらばらの、散らばった

ふたたびキッチンで
＜英＞p.33 l.38   ＜米＞p.38 l.4

groping (feeling) 手探りでさがしながら
hex (spell) 魔法、呪い
Committee on Experimental Charms 実験的呪文委員会
Muggle-baiting (teasing normal [non-wizard] people) マグルをからかうこと
FOR INSTANCE (for example) たとえば
poker (length of steel used for tending to the fire) 火かき棒
Molly ウィーズリー夫人の名前
loophole (escape clause) 抜け穴
tinkering (playing about with) いじくりまわす
Good Lord (oh, my God) おやまあ

faltered (hesitated) たじろいだ

ロンの寝室に向かう途中
＜英＞p.35 l.11   ＜米＞p.39 l.28

zigzagged (led repeatedly left and right) ジグザグに伸びた
ajar (slightly open) 半開きの
weird (strange) 変な
plaque (signboard) 看板

ロンの寝室で
＜英＞p.35 l.20   ＜米＞p.40 l.8

sloping (angled) 傾いた
furnace 炉
violent shade of orange (very bright orange) 燃えるようなオレンジ色
bedspread (bed cover) ベッドカバー
shabby (untidy) みすぼらしい、汚らしい
energetically (enthusiastically) 元気よく
Chudley Cannons プロのクィディッチ・チーム
emblazoned (covered) (紋章で) 飾られた
frogspawn (frogs eggs) カエルの卵
snoozing (napping) うたた寝する、居眠りする

▶▶ 地の文

You had to hand it to them

「ほめて当然のことはほめるべきだ」という意味でよく使われるフレーズです。つまり、この文のitはpraiseやadmiration「ほめ言葉、賞賛」を指していると考えられます。「……には脱帽した」「……には舌を巻いた」などと言ってもいいでしょう。ここの場合、ヘアピンで鍵をこじあけるという、ふつうの人には到底できそうにないことまでやってのけるフレッドとジョージに、ハリーはすっかり感心してしまったという意味です。

grinning from ear to ear

「口の端が両耳に届きそうになるほどにっこり笑う」というフレーズです。うれしくてたまらない、という表現ですね。

sabre-toothed tiger

sabre-toothed tigerは絶滅種のトラで、非常に長く強力な牙をもっていました。ここでは、ウィーズリー夫人が実際にこのトラに似ているというのではなく、かんかんに怒っているので、まるでsabre-toothed tigerのように恐ろしく見える、ということです。

▶▶ せりふ

Bit rich coming from you

「自分自身のことを考えれば、そんなことを言う権利はない」という意味の、俗語的な表現です。ふつうならばこの前にThat is a...をつけるのですが、ここでは会話らしく、それを省いています。ハリーはロンに、「自分こそ魔法を使って、空飛ぶ車でここに来ておきながら、ひとに魔法を使っちゃいけないなんて言う権利はないだろう」と言おうとしているのです。邦訳では「自分のこと棚に上げて」。

Put your foot down

アクセルを踏む動作を指すこのフレーズは、まだ走りだしていない車の中でこう言えば、"Quickly, let's go!"（さあ、急いで。出発！）と同じ意味です。すでに走りだしている車の中ならば、"Go faster!"（もっと速く！）という意味になります。

TAKING A LEAF OUT OF ... 'S BOOK

take a leaf out of one's bookは「（誰かの）行動を見習う」という意味。もしもその人について書かれた本があるとしたら、その中には正しい行動のしかたの書いてあるページ（leafとも言う）があるはずだという前提に基づいた表現です。日本語の「……の爪の垢でも煎じて飲みなさい」と同じですね。

▶▶ 舞台
The Burrow

> The Burrow（隠れ穴）はWeasley一家の住む家の名前ですが、ジョークでつけられた名前であることはまちがいありません。Weasleyという姓は、weasel（イタチ）という語をもじったもの。そしてイタチはburrowと呼ばれる地下に掘った穴に住んでいます。Weasley一家をweaselと結びつけているのは、これだけではありません。イタチは赤い毛をしたげっ歯類ですが、Weasley家の人たちもみな赤毛です。また、イタチは多産な動物ですから、もちろんWeasley家も子だくさんというわけです。

▶▶ 呪文
Memory Charms

> あるできごとに関する人々の記憶を操作する呪文です。ある記憶を消し去ることもあれば、記憶をつけ加えて、実際には経験しなかったことを経験したかのように思わせることもあります。

▶▶ 魔法界の生き物
gnomes

> このエピソードで紹介されているgnome（ノーム）は、ほとんどのイギリス人がgnomeと聞いて思い浮かべる生き物とは、少し違っています。gnomeは子どもたちのお話に出てくる人気者。たいていは赤い帽子に赤い服、やさしそうな顔をした小さな老人です。J.K.Rowlingはgnomeを庭の害虫のように描いていますが（邦訳は「庭小人」）、その理由のひとつは、ハリーも言っているとおり、イギリス人の家の庭によく小さなgnomeの像が飾られているためでしょう。これは最近とてもよく見かける光景で、「庭にノームを飾っている」(having gnomes in his garden) と言えば、なんの刺激もない落ち着いた生活を送り、つつがなく定年を迎える日を心待ちにしているような人を指す比喩ともなっています。庭にgnomeが増えれば増えるほどその家の主は退屈な人、と思われてしまうのです。

What's More 3

ノーム

　The Burrows（隠れ穴）でウィーズリー家の人たちとハリーが駆除しようとしているgnome（ノーム）は、イギリスの子どもたちがgnomeという語を聞いた瞬間に思い浮かべるgnomeとは、少し異なっています。これは、最近、庭の飾りとしてgnomeの像を置くのが大流行していることに原因があります。こうしたgnomeはふつう、長く白いひげを生やした、やさしそうな小さな老人の姿をしています。詳しくは、前ページをご覧ください。

　では、gnomeはもともとどのようなものだったのでしょうか。

　gnomeという語の起源は、16世紀スイスの錬金術師フィリプス・アウレオルス・パラケルスス（1493-1541）にさかのぼります。パラケルスス（Paracelsus）の名は、「ハリー・ポッター」シリーズにすでに登場していますね（→第1巻6章）。パラケルススによれば、gnomeはふつうの大人の半分ぐらいの背丈しかない、奇怪な小人のような種族で、洞窟や地下の穴で財宝の番人をしているとのこと。また、gnomeはgoblin（ゴブリン、小鬼）の親戚であるとも述べられています。だからこそJ.K.Rowlingは、goblinをグリンゴッツ銀行の管理人として選び、地下の金庫に保管された魔法界の財宝を守る役目を担わせているのでしょうね。gnomeは太陽が大の苦手で、太陽の光を少し浴びただけで石になってしまいます。

　地下に住むそんな見てくれの悪い人々が、庭で日光浴をするのが何よりも好きな、赤い服を着た陽気な小人に変化したのには、いったいどのようないきさつがあるのでしょうか。

　1860年ごろ、グリーベルという家族が、ドイツのチューリンゲン地方にグレーフェンローダ工場を設立し、とんがり帽子（ドイツ語でツィプフェル）をかぶったかわいいgnomeの陶製の置物を、庭の装飾品として作るようになりました。この置物は非常に好評を博し、イギリスには1880年代に、Northamptonshire州のCharles Isham卿によって初めて紹介されました。するとイギリスでもたちまち大人気となり、国中の庭に置かれるようになりました。そして現在もなお、根強い人気を誇っているというわけです。

　次回イギリスを訪れるときには、ぜひ郊外の住宅地を散歩して、家々の前庭にgnomeがいくつ見つかるか、数えてみてください。電卓を持っていくのを忘れずに……！

第4章 について

基本データ		
語数		5743
会話の占める比率		30.2%
CP語彙レベル1、2 カバー率		76.5%
固有名詞の比率		6.6%

Chapter 4　At Flourish and Blotts
──ダイアゴン横丁で一触即発！

章題

At Flourish and Blotts

Flourish and Blottsはダイアゴン横丁にある書店の名前。ダイアゴン横丁は魔女や魔法使いが必要なものを買いにいく場所で、そこには、この章で紹介されるとおり、さまざまな店が並んでいます。それなのにこの書店の名前だけが章のタイトルになっているのは、いったいなぜでしょうか。まずは読んでみてください。

章の展開

　この章から、物語の進展に勢いがつきはじめます。かなり長めの章ですが、気を散らしてはなりません。この章では、魔法界についての情報をいろいろと得ることができるだけでなく、おもな登場人物についてよりよく知り、これから先の章に備える機会を与えてくれます。以下のことに注意してみましょう。

1. ハリーとロンが新学期用にそろえなければならない本のリスト。
2. ロンがふくろう便で受け取った手紙。
3. ダイアゴン横丁に行くために、ウィーズリー一家が用いた手段。
4. ハリーがたどり着いた場所と、そこで見かけた人々。
5. ハリーと巨大な友だちとの出会い。
6. グリンゴッツ銀行の階段に立っていた人物。
7. 書店で行われていたイベントと、そのイベントの主人公の人柄。
8. この人物がみなの前で発表したこと。
9. 書店でのウィーズリー氏のけんか。

● **登場人物** 〈♠新登場あるいは #ひさびさに登場した人物〉

Miranda Goshawk［ミランダ・ゴスホーク］*The Standard Book of Spells, Grade 2*（『基本呪文集（2学年用）』）の著者→第1巻5章
♠ **Mr Borgin**［ボーギン］Knockturn Alleyにある店の主
♠ **Mr and Mrs Granger**［グレインジャー］Hermioneの両親（マグル）
♠ **Lee Jordan**［リー・ジョーダン］ホグワーツの生徒

語彙リスト

Flourish and Blotts (wizarding book shop) フローリッシュ・アンド・ブロッツ書店　*魔法界の書店。▶▶第1巻5章

隠れ穴のキッチンで
＜英＞*p.37 l.1*　＜米＞*p.42 l.1*

scruffy (untidy person) だらしない人
clanking (noise-making) やかましい音をたてる
bombard (assail) 攻める、襲う
Fascinating (very interesting) おもしろい、すばらしい
talked him through (explained how to) 話して聞かせた、説明した
Ingenious (very clever) 頭がいい、巧妙な
porridge 朝食で食べるオートミールの粥
clatter (noise) 騒音
prone to... (likely to...) ……しがちな
retrieve (get back) 取り戻す
emerged (exited) 現れた、出てきた
identical (the same as) まったく同じの
parchment 羊皮紙 ▶▶*p.18*
doesn't miss a trick (no information gets past him) 何ひとつ見逃さない
ambled (walked slowly) ゆっくりと歩いた
Hogwarts Express ホグワーツ特急　*ロンドンからホグワーツ魔法魔術学校へと向かう特急列車。▶▶第1巻6章
King's Cross station キングズ・クロス駅　*ホグワーツ特急はここから出発します。キングズ・クロス駅自体は実在の駅。▶▶第1巻6章
Break with a Banshee ▶▶*p.58*
Gadding うろつきまわる
Hags 鬼婆
Trolls (large, dangerous, dimwitted creatures of European folklore) トロール　*ヨーロッパの民話に登場する、図体が大きく危険ではあるけれど頭の悪い生き物。▶▶第1巻7章
Voyages (journeys by ship) 航海
Wanderings (travels) 放浪
Werewolves 狼人間、狼男　*満月の夜に狼に変身する力を持つ人間。▶▶第1巻13章
Yeti アジアの民話に登場する雪男
peered (looked) のぞきこんだ
Defence Against the Dark Arts (subject taught at Hogwarts school) 闇の魔術に対する防衛術　*ホグワーツで教わる教科のひとつ。▶▶第1巻5章
bet (it's sure to be) きっと……だと思う　*ここではI bet...のIが省略されています。
second-hand (used) 中古の、お古の
blushing (going red with embarrassment) とまどいのあまり顔を赤らめて
flaming hair (red hair) 燃えるような

第4章 について

赤毛
leapt (jumped) 飛び上がった、いきなり立ち上がった
moulting (feathers falling out) 毛が抜けた
flopped (fell limply) ぽとりと落ちた
draining board 流しの脇の、洗った皿を置いておく棚
Pathetic (useless) 哀れな、役立たずな
finish your one off (kill your one) あなたのものは終わりになってしまう ＊「あなたのふくろうは死んでしまう」という意味。
Diagon Alley ダイアゴン横丁 ＊魔女や魔法使いたちが買い物をする場所。▶▶第1巻5章
paddock (field) 小さな牧場
Quidditch クィディッチ ▶▶*p.82*
Nimbus Two Thousand ニンバス2000 ＊ハリーに贈られた箒の名前。▶▶第1巻9章
Shooting Star 「流れ星」。空飛ぶほうきの名前
outstripped (beaten) 追い抜かれた

ウィーズリー家の牧草地で
＜英＞*p.39* *l.37* ＜米＞*p.46* *l.7*

O.W.Ls 魔法界の試験 ＊Ordinary (普通) Wizarding (魔法) Levels (レベル) の頭文字をつなげたもの。
Head Boy (chief prefect) 首席の男子生徒
Gringotts (wizarding bank, run by goblins) グリンゴッツ銀行 ＊ゴブリンたちが経営する魔法界の銀行。▶▶第1巻5章
Dunno = don't know
Galleons, Sickles, Knuts ＊魔法界の通貨 ▶▶*p.56* ▶▶第1巻5章

キッチンで
＜英＞*p.40* *l.24* ＜米＞*p.47* *l.5*

Floo powder 煙突飛行粉 (フルー・パウダー) ▶▶*p.57*

Underground (metro) 地下鉄 ＊ロンドンの地下鉄はtubeとも呼ばれます。
escapators escalators (エスカレーター) を言いまちがえたもの
grate (fireplace) 暖炉
soot (dirt generated by open fires) 煤
fidget (move restlessly) もぞもぞ動く
bear all this in mind (remember) 覚えておく ▶▶*p.54*
scattered (sprinkled) ばらまいた、まき散らした

フルー・パウダーで移動中
＜英＞*p.41* *l.37* ＜米＞*p.49* *l.1*

plug hole 排水口
deafening (painful on the ears) 耳をつんざくような
whirl (spiral) 渦
slapping (hitting with open palms) ぴしゃりと叩く
squinting (narrowing his eyes) 目を細める
blurred (unclear) ぼやけた
snatched glimpses (caught brief sight of) ちらりちらりと見えた
churning (moving restlessly) 激しく動く
shatter (break) 壊れる

魔法使いの店で
＜英＞*p.42* *l.8* ＜米＞*p.49* *l.13*

Dizzy (head spinning) 目がまわる
gingerly (carefully) 用心深く
withered (dried-up with age) しなびた
leered (stared with unnatural interest) (異常なまでの関心を示しながら) 見た
hearth (small stone area in front of a fireplace) 炉床、炉辺
spotted (saw) 見た
shot inside (got inside very quickly) あわてて中に入った
clanged (sounded) (鐘が) 鳴った
sulky (broody) すねた、不機嫌な

Gryffindor グリフィンドール ＊ホグワーツにある、4つの寮のひとつ。▶▶*p.66*
skulls (fleshless heads) 頭蓋骨
smart (clever) 賢い
quelling (suppressive) 抑圧するような
prudent (judicious) 賢明な、思慮深い
our kind (people like us) わたしたちのような者 ＊ここでは、魔法使いや魔女のこと。
stooping (bent-over) 猫背の、前かがみの
voice as oily as his hair ▶▶*p.54*
Master お坊ちゃま ＊未成年に対する敬称で、成人のMrに相当します。
charmed ▶▶*p.54*
unravelling (unwinding) 広げる
pince-nez 鼻めがね
meddlesome (interfering) おせっかいな、口やかましい
Muggle Protection Act マグル保護法
flea-bitten (scruffy) みすぼらしい、みじめったらしい ＊もともとは「ノミのたかった」という意味。
surge (uprising) 高まり
plunderers (robbers) 強盗
amount to... (become...) ……になる
retorted (replied) 言い返した
abashed (embarrassed) 当惑した
nostrils (nose) 鼻の穴
flaring (spreading open) 広げて
haggle (negotiate) 交渉する
smirking (smiling) にやにやした
propped... (leaning against...) ……に立てかけられた
opals オパール
Claimed the Lives (killed) 命を奪った、殺した
to Date (until now, so far) これまでに
the manor 館、邸宅 (マルフォイ一家の住居)
Muttering darkly (speaking angrily in a low voice) 暗い声でつぶやきながら

ノクターン横丁で
＜英＞*p.45* *l.1*　＜米＞*p.53* *l.15*

dingy (gloomy) 薄暗い、陰気な
alleyway (alley) 横丁
devoted to... (specializing in...) ……を専門とする
Dark Arts (magic used for bad purposes) 人に害を与える目的で用いられる魔術
Borgin and Burkes ▶▶*p.55*
jumpy (nervous) びくびくした
set off (started walking) 歩きだした
Knockturn Alley 夜の闇 (ノクターン) 横丁 ▶▶*p.55*
mossy teeth ▶▶*p.54*
What d'yeh think yer doin' down there? ▶▶*p.152*
cascaded (fell like a waterfall) (滝のように) なだれ落ちた
cursed (swore) 悪態をついた ＊もともとは「呪いの言葉を吐く」の意味。
bristling (hairy) ごわごわした毛の生えた
croaked (said in a husky voice) かすれた声で言った
scruff of the neck (back of the neck) 襟首
shrieks (cries) 悲鳴

ダイアゴン横丁で
＜英＞*p.45* *l.34*　＜米＞*p.54* *l.22*

apothecary's (chemist shop) 薬屋、薬局
Skulkin' (= skulking) (prowling) うろうろする
dunno = don't know
dodgy (unreliable) 怪しげな、信用できない
Flesh-Eatin' Slug Repellent (= Flesh-Eating Slug Repellent) 肉食ナメクジの駆除剤 ▶▶*p.56*
I'd've = I would have
sprinting (running) 走る
mopped (wiped) ふいた、ぬぐった

glistening (shiny) 光る、輝く
enviously (jealously) うらやましそうに
galloping (running) 走る
sweeping (wiping) 払う、ぬぐう
hand wrung (hand shaken) 手を握りしめられて
strode (walked with large steps) 大股で歩いた

グリンゴッツ銀行で
＜英＞p.47　l.9　　＜米＞p.56　l.23

goblin ゴブリン ＊意地の悪い生き物で、グリンゴッツ銀行の経営を任されている。▷▷p.47
biting off more than you can chew ▷▷p.55
match (equal challenger) (互いに張り合える実力を持つ) 対戦相手、好敵手
indignantly (with outrage) 憤慨して、怒って
distracted (attention turned away) 気を取られた
ten-pound notes 10ポンド札
vaults (safes) 金庫
by means of ... (with the use of...) ……を使って、……によって
breakneck (extremely fast) (首が折れそうなほど) 速い速度の
shoved (pushed) 押しこんだ

ダイアゴン横丁で
＜英＞p.47　l.34　　＜米＞p.57　l.18

quill 羽根ペン ▷▷p.18
robe shop (clothes shop) 衣料品店
Leaky Cauldron 漏れ鍋 ＊マグルの世界とダイアゴン横丁をつなぐ入り口でもあるパブ。▷▷第1巻5章
strolled (walked slowly) ぶらぶら歩いた
cobbled street (street paved with cobblestones) 石畳の道
jangling (making a noise) 音をたてる
clamouring... (eager to be...) やかましく……を要求する、……されたがる
slurped (ate noisily) 音をたてて食べる
longingly (with desire) あこがれるように
Quality Quidditch Supplies 高級クィディッチ用具店 ▷▷p.56
dragged (pulled) 引きずった
Gambol and Japes Wizarding Joke Shop ギャンボル・アンド・ジェイプスいたずら専門店 ▷▷p.56
Dr Filibuster's Fabulous Wet-Start, No-Heat Fireworks ドクター・フィリバスターの長々花火 ＊火なしで火がつくヒヤヒヤ花火。▷▷p.57
wonky (uneven) ぐらぐらする
scales (instruments for measuring weight) 秤
cloaks マント ▷▷p.16
potion 魔法薬 ▷▷p.18
immersed (involved in) 没頭して
Course (= of course) もちろん
ambitious (eager to better himself) 野心的な
headed for... (went to...) ……に向かった
jostling (bumping into each other) 押し合いへし合いする
proclaimed (announced) 宣言されていた
banner (poster) 旗、のぼり
autobiography (self-written life story) 自伝

フローリッシュ・アンド・ブロッツ書店で
＜英＞p.49　l.1　　＜米＞p.59　l.7

harassed-looking (seemingly persecuted) 疲れきった顔つきの
sneaked (crept) こっそりと入りこんだ
breathless (out of breath) 息を弾ませた
patting (touching) なでつける
dazzlingly (bright) まぶしいほどの
forget-me-not blue 忘れな草色

jaunty (sprightly) 粋な
irritable-looking (bad-tempered) いらついたようすの
emitted (exuded) 吐き出した
puffs (small clouds) 小さな雲
Daily Prophet 魔法界の新聞「日刊予言者新聞」▶▶第1巻5章
Big deal (so what) それがどうした、だからなんだっていうんだ
burst into applause (clapped their hands together) いっせいに拍手をした
wafting (generating) 漂わせながら
sidle (edge his way) (こっそりと)にじり進む
clamped (secured) 押さえつけた
Staggering (walking clumsily under the weight of) 重みでよろけながら
limelight (center of attention) 人々の注目を浴びる場所 ＊もともとは「スポットライト」の意味。
sneer (supercilious look) 人を小ばかにした表情
glaring (staring angrily) にらみつける
scarlet (bright red) 真っ赤な
clutching (holding) しっかり抱えて
extracted (removed) 取り出した

amidst (among) ……の中
glossy (shiny) (本の表紙に)光沢がある
battered (scruffy) ぼろぼろの
Transfiguration 変身術 ＊ホグワーツで教わる科目のひとつで、生物や無生物の姿形を変える術。▶▶第1巻5章
flushed (face turned red) ほおを赤らめた
came thundering down (fell noisily) 大きな音をたてて落ちた
stampeded (rushed) どっと逃げだした
Break it up (stop it) おやめください
gents (= gentlemen) 皆さん
Toadstools (poisonous mushrooms) 毒きのこ
malice (bad will) 悪意
beckoned (gestured) 合図をした
swept from the shop (swiftly left the shop) すばやく店から出た
think better of it (decided not to) 考えなおした、……するのをやめた
beside herself with fury (uncontrollably angry) 怒りのあまり我を忘れていた
brawling (fighting) 喧嘩
bloke (man) 男、やつ
subdued (miserable) しゅんとなった

第4章について

▶▶ 地の文
bear all this in mind

　この句はremember、memorize（覚えておく、記憶する）を言い換えているにすぎません。"I'll remember that."の代わりに、"I'll bear that in mind."と言うことがよくあります。

voice as oily as his hair

　oilyな声で話すとは、自分の目的を達成するために口先巧みに話すことで、ネガティブなニュアンスを伴います。セールスマンが人に何かを買わせようとして、表面だけやたらと丁寧なふりをするときに、こんな話し方をしますね。

mossy teeth

　mossは湿った場所に生える「苔」のこと。森の中を歩けば、岩や木々や地面など、あちらこちらに生えています。ここでは、年老いた魔女の歯が、苔でおおわれたように緑色になっているということです。

▶▶ せりふ
charmed

　これは "I am charmed to see you again."（またお目にかかれてうれしいです）を短くして、ひとことで言い表したものです。この場合のcharmedはdelightedと同じ意味。誰かに初めて紹介されるときにも使うことができます。"Nice to meet you."と言う代わりに、"Charmed, I'm sure."（本当にお会いできてうれしいです）と言ってみてはいかがでしょう。

biting off more than you can chew

bite off more than you can chewとは、直訳すれば「自分が嚙める以上のものを嚙み切ろうとする」、つまり「自分の能力以上のことをしようとする」「成功する見込みのないことをしようとする」という意味です。ここの場合、ウィーズリー夫人は、夫のウィーズリー氏がルシウス・マルフォイとまともに敵対しあったら勝ち目はない、と心配しているのです。

▶▶ 舞台

Borgin and Burkes

Knockturn Alleyにある、闇の魔術に関する商品を扱う店の名前です。イギリスの老舗には、創業者ふたりの名前をつけた店名がよくあります。イギリスの田舎町を歩いてみれば、そんな店名が見つかるはずです。もうひとつのよくある型は、姓の後ろに"…& Sons"とつけた店名で(たとえば、Burkes & Sonsなど)、これはもともと家族経営だった店に見られます。

Knockturn Alley

Knockturn Alley(ノクターン横丁)は、Diagon Alley(ダイアゴン横丁)から脇にそれたところにある小さな通りです。すでにご存じのように、Diagon Alleyはdiagonallyと同じ発音で、魔法界がマグルの世界と斜めに(diagonally)交わっていることを示していました。同じように、Knockturn Alleyの場合もnocturnally(夜に)と発音が同じです。薄気味悪い者ばかりが歩きまわり、夜だけ活気づく陰気な通りのイメージが浮かんできますね。邦訳では「夜の闇横丁」と呼んでいます。

Quality Quidditch Supplies

> 魔法界で最も人気のあるスポーツQuidditch（第7章参照）のための専門店。ここでは最新型の箒を売っているだけではなく、ユニフォームなども売られており、有名Quidditchチーム御用達でもあります。

Gambol and Japes Wizarding Joke Shop

> ここではいたずらのための商品をいろいろ扱っています。ユーモア好きな子どもたちは、そんな道具に目がありません。店の名前は「ふざけること」を意味するgambolと、「冗談、いたずら」を意味するjapeから。

▶▶ 魔法界の生き物
Flesh-Eatin' Slug Repellent (= Flesh-Eating Slug Repellent)

> slug（ナメクジ）は庭の植物を食べつくしてしまう困った生き物。そしてrepellentはそれを寄せつけないようにする「駆除剤」です。イギリス中で売られているslug repellentは、たいてい小さな丸い粒で、植物のまわりの地面にまいて使います。でも、魔法界のslugがflesh-eating（肉食）なのだとすれば、ここでちょっと矛盾を感じずにはいられません。肉食ならば、なぜ学校の庭のキャベツを食べたりするのでしょうね？

▶▶ 魔法の道具
Galleons, Sickles, Knuts

> Galleonガリオン（金貨）、Sickleシックル（銀貨）、Knutクヌート（銅貨）は、魔法界で使われている通貨。紙幣はなくて、どれも硬貨です。Knutが最小、Galleonが最大の単位。
> 　1 Galleon = 17 Sickles
> 　1 Sickle = 29 Knuts
> 　493 Knuts = 1 Galleon

Floo powder ［フルー・パウダー］

　魔法界はFloo Network（煙突飛行ネットワーク）で結ばれています。このネットワークは、魔女や魔法使いがある場所から別の場所に移動するのに使われますが、その出発点と到着点は、暖炉に限られています。Floo powder（煙突飛行粉）と呼ばれるきらきら光る粉を暖炉の炎に振りかけ、炎が高く燃えあがったときにその中に入って行き先を告げると、その場所まで運んでくれるのです。Flooは、ふたつの別々の語の発音と語呂合わせをしてつけた名前にちがいありません。ひとつは「煙突」を意味するflue、もうひとつはflyの過去形flewで、この粉の用途を示しています。

Dr Filibuster's Fabulous Wet-Start, No-Heat Fireworks

　Gambol and Japes Wizarding Joke Shopで売られている花火です。名前のとおり、湿っていても、火をつけなくても発火します。ということは、いたずらっ子たちに打ってつけということですね。Dr Filibusterはこの花火の発明者。filibusterという語が「議事の進行を妨げるもの」という意味であることを考えると、ぴったりの名前です。でもこの物語の中では、議事ではなく、学校の授業の妨害をするための花火（原書の第11章参照）と考えたほうがよさそうですね。

▶▶ **情報**

Break with a Banshee

　ホグワーツの２年生が準備することになっている８冊の教科書のうち、７冊はGilderoy Lockhartが書いたものです。本のタイトルから察すると、Lockhart氏はユーモアに富んでいるか、あるいは広告のキャッチコピーが得意と思われます。タイトルをひとつひとつ見ていくと、共通点があるのに気づきませんか。そう、それぞれのタイトルに含まれるおもな２語は、以下のように、同じアルファベットで始まっているのです。（　）内は、日本語でも頭韻を踏むように工夫された邦訳です。

- Break with a Banshee → Bがふたつ（『泣き妖怪バンシーとのナウな休日』）
- Gadding with Ghouls → Gがふたつ（『グールお化けとのクールな散策』）
- Holidays with Hags → Hがふたつ（『鬼婆とのオツな休暇』）
- Travels with Trolls → Tがふたつ（『トロールとのとろい旅』）
- Voyages with Vampires → Vがふたつ（『バンパイアとのバッチリ船旅』）
- Wandering with Werewolves → Wがふたつ（『狼男との大いなる山歩き』）
- Year with the Yeti → Yがふたつ（『雪男とゆっくり一年』）

　短い文の中で頭韻を踏むと、とても語呂がよく、覚えやすいので、広告のキャッチコピーでよく用いられています。

　ちなみに、魔法の本の著者であるGilderoy Lockhart氏の名前も、よく考えて名づけられたにちがいありません。姓のLockhartは、J.G.Lockhartという実在の人物にちなんだものと思われます。J.G.LockhartはWizard of the North（北の魔法使い）として知られるスコットランドの作家Walter Scott卿の娘と結婚し、しかもScott卿の伝記を書きました。また、名のGilderoyは、おそらく、本当は臆病で気が小さいのに、実際よりも知的で勇敢で魅力的に見せようとしている――つまり、金メッキをした（gild）ような人物であることをほのめかしているのではないでしょうか。

What's More 4

ロンドン

　イギリスの首都ロンドンはヨーロッパ最大の都市で、1,500平方キロメートル以上にわたって広がっています。人口は約7百万人ですが、市内にいくつもある広々とした公園の真ん中に立っていると、それが信じられないほどです。また、世界有数の文化都市でもあり、世界的に有名なファッション・リーダー、アーティスト、ミュージシャンなどを幅広く輩出しています。

　しかし、ロンドンの起源はどのようなものだったのでしょうか。どれほどの歳月にわたってテムズ川の見張り番をつとめ、どのような歴史を刻んできたのでしょうか。

　ロンドンは約2千年前、King Ludによって築かれたと伝えられています。Ludgate HillやLudgate Circusはその名にちなんでつけられました。しかし、紀元43年のローマ帝国によるブリテン島征服以前には、その存在の確かな証拠がありません。征服者たちの目から見ると、ロンドンは申し分のない地の利に恵まれていました。平らで肥沃な土地であり、テムズ川を通じて海へ、さらにはヨーロッパ大陸への道が開かれているのです。ロンドンはローマ帝国の支配下で、Londiniumと呼ばれていました。ローマ帝国の支配は、帝国が崩壊する5世紀まで続きました。その名残りは、現在でもロンドンやその近郊で、道路、壁、陸橋などの形で見ることができます。

　次にこの地を占領したのは、アングロ・サクソン人です。彼らの多くは農民だったので、大都市にはあまり用がなく、代わりに周辺部に多くの村をつくりました。こうした村々は、やがて拡大しつづけるロンドンに呑みこまれてしまうことになりますが、たとえばFulham, Ealing, Barking, Mitchamなど、今でもその名が残っているところがたくさんあります。

　9世紀に入り、サクソン人による支配を脅かすようになったのが、ヴァイキングです。しかしほんの数年を除けば、サクソン人によるロンドンの支配は変わることがなく、その支配は1066年、ノルマンディーからやって来たWilliam the Conqueror（征服王ウィリアム）がKing Haroldを破って王位につくまで続きました。

　次にロンドンの平和を脅かしたのは、1348年から49年にかけて大流行した、黒死病（Black Plague）とも呼ばれる腺ペストです。ペストのために、ロンドンの全人口の3分の1が失われました。

　ロンドンの人口は1700年には百万人に達しました。そして1901年までは、人口6百万を超す世界最大の都市でした。

　このコラムの冒頭で書いたとおり、現在のロンドンの人口は7百万人です。でも、わたしが日本に住んでいるのを勘定に入れると、6,999,999ってことに……？

第5章 について

基本データ	
語数	5321
会話の占める比率	21.3%
CP語彙レベル1、2 カバー率	79.8%
固有名詞の比率	6.2%

Chapter 5　The Whomping Willow
──空飛ぶ自動車でたどり着いてはみたものの……

章題
The Whomping Willow
ハリーとロンはやっと「自分たちの場所」に戻ってきましたが、そのためには大きな代償を払わなければなりませんでした。Whomping Willow という木の名は辞書には載っていないので、p.65に解説を載せておきました。でも、その個所に来るまで、のぞいてはだめですよ。

　この章は、それ自体でちょっとした冒険談になっています。おもな物語の流れとはあまり関係ないように見えるかもしれませんが、実は、あとでたいへん重要となることも書かれているのです。ポイントは次のとおりです。

1. ハリーとウィーズリー一家がキングズ・クロス駅に行くのに使った移動手段。
2. ハリーとロンがホグワーツ急行の発車するホームに行こうとしたときに起こったできごと。
3. ホグワーツへの旅。
4. ハリーとロンがホグワーツに着いたとたんに起こったできごと。また、ふたりがそこまで乗ってきた乗り物に起こったこと。
5. 大広間で行われていたできごと。
6. ホグワーツの地下の研究室でハリーたちが受けた尋問。

●登場人物 〈#ひさびさに登場した人物〉

Professor (Minerva) McGonagall［ミネーヴァ・マクゴナガル］ホグワーツの変身術の教師、グリフィンドールの寮監→第1巻1章
Seamus Finnigan［シェイマス・フィニガン］ホグワーツの2年生→第1巻7章
Dean Thomas［ディーン・トーマス］ホグワーツの2年生→第1巻9章
Neville Longbottom［ネヴィル・ロングボトム］ホグワーツの2年生→第1巻6章

語彙リスト

隠れ穴のキッチンで
＜英＞p.53　l.1　　＜米＞p.65　l.1

conjured up (used magic to create) 魔法で作った
sumptuous (delicious) 豪華な
mouthwatering (delicious) よだれの出そうな、おいしい
treacle pudding 糖蜜のかかった菓子
rounded off (ended) 締めくくった
Filibuster fireworks ドクター・フィリバスターの長々花火　▶▶**p.57**
up at cock-crow (up very early) 朝早く起きて　▶▶**p.65**
colliding (bumping into each other) ぶつかりあう
stray (escaped) 歩きまわる、逃げ出した

ロンドンに出かける準備
＜英＞p.53　l.21　　＜米＞p.66　l.6

Ford Anglia フォード・アングリア　＊第3章でロンがハリーを救出するのに使った車。
reckoned (based his calculations) 判断した
Molly ウィーズリー夫人の名前
boot (trunk) 車のトランク
expanded (made larger) 広がった
glanced (looked) 見た
resembled... (looked like...) ……に似ていた
roomy (spacious) 広々とした
trundled (moved slowly) ゆっくりと動いた
skidded (slipped) （車が）横滑りした
motorway (highway/expressway) 高速道路
clambered (climbed) 乗った
Invisibility Booster 透明ブースター　＊車を人の目から見えなくする装置。
installed (fitted onto the car) 設置した、取りつけた
broad daylight (clear, bright daylight) 昼日中

キングズ・クロス駅で
＜英＞p.54　l.22　　＜米＞p.67　l.9

tricky bit (most difficult part) 最もむずかしい部分
platform nine and three quarters $9\frac{3}{4}$番線　＊ホグワーツ特急の発車するホーム。▶▶第1巻6章
vanishing (disappearing) 消える
nervously (anxiously) 心配そうに
In the blink of an eye (instantly) 瞬きする間に、一瞬のうちに
wedged (secured) しっかり固定されて
thump (noise) どさっという音
indignantly (with outrage) いきりたって
What in blazes... (what on earth...) いったいなぜ……？
d'you (= do you)
dunno = don't know
curious (interested) 物見高い
pit of his stomach (bottom of his stomach) 鳩尾
all his might (as hard as he could) 全力で
stunned (shocked) ショックを受けて
hollow (humourless) うつろな、うわべだけの
tensely (nervously) 緊張して
atten (= attention) 人目、注意　＊途中まで言いかけてやめているのです。
Restriction of Thingy ▶▶**p.65**
C'mon = come on
cavernous (large) がらんとした、大きな
taps (light knocks) 軽く叩くこと
starting the ignition (turning on the engine) エンジンをかける
rumbling (moving stoically) 低く重々しい音をたてて動く

第**5**章 について

dashboard (control panel) ダッシュボード
vibrating (oscillating) 振動する

イギリス上空で
＜英＞p.56　l.31　　＜米＞p.70　l.19

popping (noise like a cork pulled from a bottle) ポンという音
jabbing (poking) 突つきながら
faulty (defective) いかれている、壊れている
pummelled (hit) 叩いた
dull (gloomy) 陰気な
foggy (misty) 霧に包まれた
Dip (drop) 下りる
streaking (moving swiftly) 突進する
Due north (exactly north) 真北へ
blaze of sunlight (bright sunlight) 明るい太陽の光
skimmed (gently touched) そっと触れた、かすめた
aeroplanes　飛行機　＊airplanesのイギリス式綴り。
plunged (dropped into) 突っこんだ
fabulous (wonderful) すばらしい
swirls (spirals) 渦
turrets (towers) 塔
toffees　トフィー　＊キャラメルのような味の菓子。
glove compartment　ダッシュボードの下にある小物入れ
prospect (chance) 見通し
spectacularly (dramatically) はなばなしく、劇的に
sweeping (wide) 広々とした
purplish moors (purple coloured grassland) 紫がかった荒野
uneventful (normal, boring) 平穏無事な、退屈な
wearing off (diminishing) 擦り減る、だんだん小さくなる
jumpers (sweaters) セーター
sweaty (perspiring) 汗をかいた
longingly (with desire) もの欲しそうに

plump (fat) 丸々とした、太った
staining (changing the colour) 染めながら
canopy (tent-like cover) テントのような覆い、傘
whine (made a high-pitched noise) 甲高い音を出す
blossoming (blooming) (花が咲くように) あちこちで輝く
feebly (weakly) 弱々しく
Silhouetted (outlined) 縁取られて
shudder (shake violently) 振動する
cajolingly (encouragingly) なだめるように
issuing (emitting) 出る、吐き出される
bonnet (hood) (車の) ボンネット
wobble (side-to-side movement) 揺れ
glassy (glazed) 鏡のようになめらかな
clunk (noise) 大きな音
splutter (spitting sound) 鋭い音
whacking (hitting) 叩きながら
plummeting (falling fast) 急降下する
bellowed (shouted) 叫んだ
lunging for... (grabbing...) ……に飛びついて

ホグワーツの敷地内で
＜英＞p.59　l.20　　＜米＞p.74　l.16

jolt (buffet) 打撃、衝撃
billowing (streaming in clouds) 噴き出す
crumpled (wrinkled) ひしゃげた
throbbing (pulsating painfully) ずきずき痛む
despairing (unhappy) 絶望したような
snapped (broken) 折れた
dangling limply (hanging loosely) ぶら下がる、だらりと垂れる
splinters (strands of wood) 裂けた木片
charging (attacking) 襲いかかってくる

lurching (falling) 振り落とす
blow (buffet) 打撃、パンチ
python ニシキヘビ
boughs (branches) (大きな) 枝
limb (branch) 小枝
dent (depression) へこみ
hail of blows (repeated buffets) たて続けのパンチ ＊hailは「あられ、雹」のこと。パンチが雨あられと降り注いだのです。
twigs (small branches) 小枝
battering ram (ドアを打ち壊すのに使う) 大きな棒、大槌
caving in (collapsing) へこんだ、壊れかかった
sagged (hung loosely) だらりと垂れ下がった
lashing (hitting) 叩く
end of its tether (limit of its power) 力尽きて
sprawled (laid out) (手足が) 投げ出されて、ぶざまに伸びて
ejecting (discarding) 吐き出す
flailing (waving) 揺らす
triumphant (glorious) 意気揚々とした、勝ち誇った
feast (banquet) 祝宴、祝賀会
Sorting 組分け ▶▶*p.66*
Great Hall 大広間 ＊ホグワーツの生徒たちが食事をする大きなホール。▶▶第1巻7章
Innumerable (countless) 数え切れないほどたくさんの
goblets (cups) ゴブレット、杯
sparkle (twinkle in the light) 輝く、きらめく
bewitched 魔法をかけられた ▶▶*p.16*
vivid (brightly coloured) 鮮やかな色の
bespectacled (wears glasses) めがねをかけた
bun 頭の後ろに髪の毛を結って作ったおだんご
Sorting Hat 組分け帽子 ▶▶*p.66* ▶▶第1巻7章
patched (repaired) つぎのあたった、つぎはぎだらけの
frayed (stitches coming loose) 縫い目がほつれた
houses 寮、学寮 ▶▶*p.66*
Griffindor グリフィンドール寮 ▶▶*p.66* ▶▶第1巻7章
Hufflepuff ハッフルパフ寮 ▶▶*p.66* ▶▶第1巻7章
Ravenclaw レイブンクロー寮 ▶▶*p.66* ▶▶第1巻7章
Slytherin スリザリン寮 ▶▶*p.66* ▶▶第1巻7章
petrified (extremely frightened) 硬直して、身をこわばらせて
House Championship trophy 寮対抗杯 ▶▶*p.66* ▶▶第1巻7章
mousey-haired (light-brown coloured hair) 薄茶色の髪をした
aquamarine (light blue) アクアマリン色の、水色の
sarcastic (derisive) 嫌味な、嘲笑的な
Potions 魔法薬学 ＊ホグワーツで教わる教科のひとつで、さまざまな原料を混ぜ合わせて魔法薬を作る。▶▶第1巻7章
sacked (fired) クビにされた
rippling (waving) たなびく、揺れる
sallow (pale yellow) 顔色の悪い
vast (large) 大きな
dungeons (basement of a castle) 城の地下牢

スネイプ先生の研究室で
<英> *p.62* *l.21* <米> *p.78* *l.20*

revolting (horrible) 不快な、ぞっとする
sidekick (partner) 親友、相棒
gulped (swallowed) 息を飲んだ
Evening Prophet 「夕刊予言者新聞」
MYSTIFIES (confuses) 当惑させる
walloped (hit) 殴られた
blurted out (said quickly) 思わず言った、口走った
fetch (bring) 連れてくる
slimy (slippery) ぬめぬめした

suspended (hung) 浮いている
flinched (cowered) たじろいだ
erupted (burst out) 噴き上がった、燃え上がった
ominously (menacingly) 不吉に
launched into (started to tell) 話しはじめた
gaped (stared with his mouth open) 口をあけて呆然とした
numb (no feeling) 無感覚の
grave (serious) 深刻な
spectacles (glasses) めがね
hopeless (without hope) 望みを失ったような、あきらめたような
Christmas had been cancelled クリスマスがおあずけになった ▶▶*p.65*
flouted (intentionally violated) 愚弄した、わざと破った
Decree for the Restriction of Under-age Wizardry 未成年魔法使いの制限事項令
notices (announcements) 通告、連絡
venom (poison) 毒
eyeing (looking at) 見つめる
wrathful (angry) 怒った
piercing (penetrating) 射すような
detention 居残り、罰則 ▶▶第1巻14章
dormitory 共同寝室 ▶▶*p.66* ▶▶第1巻7章
had it (were finished) 終わりだ、ダメだ ＊ここの場合、退学にさせられるかと思った、ということ。
must've = must have
swig (mouthful) （ジュースなどの）ひと飲み

sagely (wisely) 賢人ぶって、神妙に

グリフィンドール寮へ行く途中
＜英＞*p.66* *l.2* 　＜米＞*p.83* *l.20*

portraits (paintings) 肖像画
suits of armour 鎧
dashing (running) 駆ける
severe (strict) 厳しい
Skip... (don't bother with...) ……は抜きにしてくれ、……はやめてくれ

グリフィンドールの談話室で
＜英＞*p.66* *l.26* 　＜米＞*p.84* *l.15*

storm of clapping (loud applause) 嵐のような拍手
circular (round) 円形の
common room 談話室 ▶▶*p.67* ▶▶第1巻7章
squashy (soft) 柔らかい、ふかふかの
scramble (struggle) 必死で進む
Inspired! (genius) すばらしい！
telling them off (scolding them) 叱りつける
nudged (poked with an elbow) ひじで小突いた
Night (= good night) おやすみ
scowl (angry face) しかめっ面

グリフィンドールの共同寝室で
＜英＞*p.67* *l.11* 　＜米＞*p.85* *l.12*

awestruck (in admiration) 尊敬をこめて

▶▶ **地の文**
up at cock-crow

> 雌鳥（hen）の群れの中の雄鶏（cockまたはrooster）は、日の出とともに目覚めて鳴き声をあげますね。それで、up at cock-crowといえば、雄鶏が目覚める「早朝に起き出す」ことを意味します。up at the crack of dawn（日の出とともに起きる）ともいえます。

Christmas had been cancelled

> J.K.RowlingはChristmasを使った比喩が大好きのようです。これよりあとの巻には、looked as though Christmas had come a month early（クリスマスが1カ月も早くきたかのように見えた）という比喩があります。このふたつの比喩は正反対の意味を示しています。クリスマスがキャンセルになった（cancelled）という比喩は、ひどくがっかりすること。一方、クリスマスが1カ月早まった（a month early）という比喩はうれしくてたまらないことを示しています。

▶▶ **せりふ**
Restriction of Thingy

> この場面でロンは、Restriction ofで始まる法律の名前を言おうとしているのですが、それがちゃんと思い出せなくて、代わりにThingyと言っています。Thingyは、日本語の「なんとか」と同じ意味。restrictionは「規制、制限」。

▶▶ **魔法界の生き物**
Whomping Willow

> ホグワーツの敷地内に生えている凶暴な巨木で、邦訳では「暴れ柳」と呼ばれています。この木が近づいてきたものを何でも枝で叩きのめすのは、名前から考えれば当然のこと。なぜなら、whompは「叩く、殴る」という意味だからです。また、この木が柳であるのもうなずけます。イギリスでは昔から、柳は神秘的な力を持つと考えられているのです。

▶▶ **情報**

Sorting

Sorting（組分け）は、ホグワーツ魔法魔術学校で毎年、学年度のはじめに行われる儀式です。新入生はひとりひとり全校生徒の前に出て小さな丸椅子に座り、頭の上にSorting Hat（組分け帽子）と呼ばれる魔法の帽子をのせます。この帽子は、生徒たちそれぞれがホグワーツの4つの寮のうちどの寮にふさわしいかを判断し、みなの前で公表します。くわしくは第1巻7章をご覧ください。

houses

イギリスの学校がみなそうであるように、ホグワーツ魔法魔術学校も4つのhouse（学寮、寮）に分かれています。生徒たちはそれぞれ、入学にあたってどの寮に入るかを割り当てられます。生徒たちは卒業するまで、学校全体に対してだけでなく、それぞれの寮に対しても忠誠を尽くすことが望まれます。

各校では、寮対抗のpoint system（点数制）が採用されています。学業やスポーツなどの成績によって各寮に点数が与えられ、校則を破ったりすれば減点されるのです。そして最高点を獲得した寮は、学年末にHouse Championship trophy（寮対抗杯）を授与されます。

ホグワーツの4つの寮には、学校の創立者の名前がつけられています。

- Gryffindor——Godric Gryffindorにちなんだ名。寮の紋章はlion（獅子）。ハリー、ロン、ハーマイオニーはここの寮生です。
- Hufflepuff——Helga Hufflepuffにちなんだ寮名。寮の紋章はbadger（アナグマ）。
- Ravenclaw——Rowena Ravenclawにちなんだ寮名。寮の紋章はeagle（鷲）。
- Slytherin——Salazar Slytherinにちなんだ寮名。寮の紋章はsnake（蛇）。

boarding school（寄宿学校）の場合は、寮が生徒たちの住まいとなります。その場合、dormitoryという語は寮全体ではなく、生徒たちが寝起きする「共同寝室」のみを意味します。このほか寮の中に

は、椅子や机が置かれ、生徒たちが勉強したりくつろいだりするcommon room（邦訳は「談話室」）もあります。詳しくは、第1巻7章をご覧ください。

What's More 5

ローマ街道

　第5章でハリーとロンが変わった手段で空を飛んでいたとき、下界を見下ろすと、イギリスの田舎を縦横に走る道路網が見えたはずです。現代の道路の建設方法は昔とはまったく違っていますが、紀元43年にイギリスに侵入したユリウス・カエサルとその兵士たちのおかげで、イギリスの都市は約2千年も昔から、道路で結ばれているのです。

　当時のイギリスの道路は、多くの人に踏まれてぐちゃぐちゃになった泥の道で、ろくに補修もされていない状態でした。そこでローマ人たちは、イギリスにおける支配を徹底させるため、主要都市や村々を結ぶ道路網を整備する必要があると考えました。軍団の移動や物資の運搬が目的です。

　ローマ人たちの建設した道路の特徴としてはまず、町と町のあいだを一直線に結んでいるという点があげられます。例外は、大きな丘や川にさえぎられ、まわり道をせざるをえなくなった場合のみです。その建設方法は、イギリスだけでなく、ローマ人が駐屯していたヨーロッパの他の地域全体にわたって共通でした。まず1メートルほどの深さの溝を掘り、長いあいだに道路が沈みこむのを防ぐため、大きな石をその溝にぎっしりと詰めます。その上に、セメントで固めた小ぶりの石の層をつくり、さらにその上を圧縮した砂利と礫石の層で覆います。排水の便をよくするため、道路の中心は端より30センチほど高くします。道路の両側には排水溝が掘られ、そのさらに外側にはagger（土塁）と呼ばれる幅12〜15メートルの細長い空き地が設けられていました。

　この空き地には、ふたつの目的があります。ひとつは、植物が道路に生えたり、地下にのびた根が道路を侵食したりするのを防ぐこと。もうひとつは、そこを通る人々の視界をよくし、当時、横行していた追いはぎの襲撃を防ぐことです。

　こうして建設された道路のおかげで、軍団や装備の移動がずっと短時間でできるようになりました。また、イギリス全土の交易も多大な恩恵を受けました。商人たちは町から町へ、商品をより速く容易に運べるようになり、商品をだめにしてしまうことがずっと少なくなったのです。新鮮な果物や野菜が、農地としての条件に恵まれた南部から、あまり恵まれていない北部へと運ばれました。新鮮なうちに届けることができれば、高い値で売ることができるのです。

　ローマ人の建設した道路が、現在もなおイギリスやヨーロッパ各地に当時の形で残っているということは、ローマ人の技術がすぐれていた証拠です。さて、高度な技術を尽くして建設された現代の道路は、時の試練に耐え、紀元4000年になっても使用されているでしょうか——そんなことを想像してみるのも楽しいですね。

第6章 について

基本データ	
語数	4548
会話の占める比率	36.4%
CP語彙レベル1、2 カバー率	78.6%
固有名詞の比率	4.7%

Chapter 6　Gilderoy Lockhart
──「闇の魔術に対する防衛術」の新しい先生

章題

Gilderoy Lockhart

このタイトルは、わたしたちがすでに出会った人物の名前です。そう、あの売れっ子作家Gilderoy Lockhartですね。先回、このLockhart氏を見かけたときのことを覚えているとすれば、彼がホグワーツで「闇の魔術に対する防衛術」を教えることになったのも覚えておられるでしょう。そしてまた、彼が恐れを知らない勇敢な人物であることも。きっと、彼にもう一度会えるのを、心待ちにしておられたにちがいありません……。

章の展開

　この章は、魔法界の生き物についての情報やユーモアにあふれた、楽しい章です。けれどもハリーの立場からすると、こんな章がなかったらいいのに、という章かもしれません。なぜならハリーはこの章で、何度も困った事態に巻きこまれてしまうからです。ここでは次の点に注目してみましょう。

1. 大広間での朝食中にロンが受け取った手紙。
2. スプラウト先生と一緒に薬草学の授業にやって来た人物。彼がハリーと交わした会話。
3. 薬草学の授業で、生徒たちの与えられた課題。
4. 中庭でハリーに自己紹介をした少年。
5. ハリーとドラコ・マルフォイの中庭でのやり取りと、あとからそこに割りこんできた人物。
6. 闇の魔術に対する防衛術の授業中のできごと。

●登場人物 〈♠新登場あるいは #ひさびさに登場した人物〉

\# **Professor Sprout**［スプラウト］ホグワーツの薬草学の教師→第1巻8章
\# **Justin Finch-Fletchley**［ジャスティン・フィンチ・フレッチリー］ホグワーツの2年生→第1巻7章
♠ **Colin Creevey**［コリン・クリーヴィー］ホグワーツの1年生
\# **(Vincent) Crabbe**［ヴィンセント・クラッブ］ホグワーツの2年生→第1巻6章
\# **(Gregory) Goyle**［グレゴリー・ゴイル］ホグワーツの2年生→第1巻6章

語彙リスト

大広間での朝食
＜英＞p.68　l.1　　＜米＞p.86　l.1

Things started to go downhill (things got worse) ▷▷*p.72*
tureens (large dishes)（ふたつきの）大きな深皿
kippers (smoked herrings) 燻製ニシン
Morning (= good morning) おはよう
on the other hand (on the contrary) 一方で、それとは反対に
accident-prone (clumsy) 災難にあいやすい、ドジな
Gran's (= grandmother's) おばあちゃんの
bedraggled (disheveled) ぐっしょり濡れた
unconscious (insensible) 意識のない、気絶した
timid (frightened) おどおどした
Howler ［ハウラー］吼えメール ▷▷*p.75*
slit (cut) 切る
crimson (red) 赤い
BRING YOU UP (raise you) あなたを育てる
stunned (motionless) 困惑のあまり動けなくなって
babble of talk (eager chatter)（何を言っているのかは聞きとれないが盛んな）おしゃべり
dwell on... (think about...) ……について考える
handing out (distributing) 配りながら
timetables (class schedules) 時間割表　▷▷*p.75*
Herbology 薬草学　＊ホグワーツで教わる教科のひとつで、薬草や植物について学ぶ。▷▷第1巻8章
made for... (went towards...) ……に向かった

薬草学の授業
＜英＞p.70　l.17　　＜米＞p.89　l.15

slings (bandages that support broken arms) 包帯
squat (small and stout) ずんぐりした
flyaway (thin)（風になびく）ふわふわした細い毛
fingernails would have made Aunt Petunia faint ペチュニアおばさんが見たら気絶しそうな爪　＊とても不潔だということ。
immaculate (faultless) 非の打ちどころない、完璧な
assembled (gathered) 集まった
distinctly disgruntled (very unhappy) 見るからに不機嫌な
cheerful (happy) 陽気な、にこやかな
murmur (soft muttering) ささやき
whiff (smell) におい
mingling (mixing) 混ざりあった
That's the ticket (that's fine) それは都合がいい、それはありがたい

nonplussed (confused) 困惑して、面食らって
remarkable (amazing) 驚くべき、注目に値する
bound to... (sure to...) 必ず……する
Witch Weekly's 魔法界の雑誌『週刊魔女』
Most-Charming-Smile Award チャーミング・スマイル賞
in a row (consecutively) 連続して、たて続けに
trestle bench 木の架台の上に厚い板をのせたベンチ
earmuffs (ear protectors) 耳当て
re-potting (moving plants from one flower pot to another) 植え替え
properties (characteristics) 特徴
Mandrake マンドレイク ▶▶*p.74*
Mandragora マンドレイクの別名
restorative (having the power to restore) 回復薬
transfigured (physically changed) 姿を変えられた
antidotes (medicine to counteract poison or disease) 解毒剤
fatal (will result in death) 命取りになる
tufty (bristly) ふさふさした
unremarkable (normal) 特に変わったことのない、ふつうの
scramble (struggle) 先を争ってごたごたすること
thumbs-up 両手の親指を立ててOKと合図する仕草 ▶▶第1巻7章
muddy (covered in damp soil) 泥だらけの
mottled (blotchy) まだらの、ぶちのある
bawling (crying) 泣きわめく
top of his lungs (very loudly) ▶▶*p.72*
compost (soil rich in nutrients) 堆肥
seedlings (immature plants) 苗
begonia ベゴニア
Venomous Tentacula 毒触手草 ＊毒を持つ架空の植物。

teething (growing its first set of teeth) 歯が生えてきている
spiky (thorny) 棘のある
draw in (retract) 引っこめた
feelers (antennae) 触手
inching (moving slowly) ゆっくり伸ばす
sneakily (with cunning) こそこそと、ひそかに
dragon-dung (dragons' manure) ドラゴンの糞
werewolf 狼人間、狼男 ＊満月の晩に狼に変身する人間。▶▶第1巻13章 ▶▶*p.104*
zap バサッ ＊一瞬のうちに相手を倒したことを示す擬音語。
My name was down for Eton ▶▶*p.73*
squirmed (wriggled) もがいた、身をよじらせた
gnashed their teeth (snapped their teeth together angrily) 歯ぎしりした
traipsed (walked) ぶらぶら歩いた
Transfiguration 変身術 ＊ホグワーツで教わる教科のひとつで、生物や無生物の姿を変える術。▶▶第1巻5章

変身術の授業で
＜英＞*p.74 l.12* ＜米＞*p.94 l.25*

leaked out of... (escaped from...) ……から流れ出た
scuttled (ran frantically) あわてて走った
patched up (repaired) 修理した
Spellotape スペロテープ ▶▶*p.75*
crackling (making a noise like burning wood) パチッという音をたてる
sparking (emitting sparks) 火花を散らす
engulfed (covered) 包む
wrung sponge (a sponge from which all moisture has been removed) 絞ったあとの、水分のなくなったスポンジ

filed out (walked out in a single line) 列になって出ていった
volley of bangs (several consecutive bangs) 爆発音の連続
firecracker (firework) 花火

大広間で
＜英＞p.74　l.35　　＜米＞p.95　l.20

flushing (blushing) 顔を赤らめて

中庭で
＜英＞p.75　l.4　　＜米＞p.96　l.1

overcast (cloudy) 曇った
transfixed (mesmerized) (すっかり魅了されたように) 釘づけになって
clutching (holding) つかむ
tentative (uncertain) おずおずした
raked (searched) 探った
milkman (person who delivers milk to houses) 牛乳配達人
imploringly (pleadingly) 懇願するように
scathing (spiteful) 痛烈な、冷酷な
flanked (accompanied on either side) ……を両脇に従えて
thuggish (bully) 残忍な
cronies (friends) 親友
clenching (closed tightly) にぎりしめて
piped up (interrupted) 甲高い声で相手をさえぎった
sniggering (giggling) にたにた笑う
conker-like knuckles トチの実のような握りこぶし　▶▶ p.73
menacing (threatening) 脅かす
shrill, piercing voice (loud, high-pitched voice) 突き刺すような大声
knot (crowd) (人の) 集まり
thundered jovially (spoke in a loud, friendly voice) 陽気な大声で言った
humiliation (embarrassment) 屈辱感
fumbled (scrabbled for) ぎこちない手つきで探した
A word to the wise (a piece of advice) 君ならわかってくれると思うが、ひとこと忠告させてくれ　＊「賢者へのひとこと」という慣用句。賢いあなたならわたしの言葉を心に留めてくれるだろうというニュアンス。
paternally (in a father-like manner) 父親のように

闇の魔術に対する防衛術の教室に行く途中
＜英＞p.76　l.40　　＜米＞p.98　l.21

stammers (stutters) もごもご話す言葉
tad (little) 少し
bigheaded (arrogant) うぬぼれた、思い上がった
to be frank (to speak directly) 正直に言うと
chortle (laugh) 得意げな笑い

闇の魔術に対する防衛術の教室で
＜英＞p.77　l.7　　＜米＞p.98　l.28

yanked (pulled) 引っ張った
Order of Merlin, Third Class 勲三等マーリン勲章
Honourary Member of the Dark Force Defence League 闇の力に対する防衛術連盟名誉会員
get rid of (defeat) 打ち負かす
rifled (looked briefly) ざっと目を通した
Ogden's Old Firewhisky 魔法界のウィスキーの銘柄
roguish (macho) ワルぶった
rapt (complete) すっかり心を奪われた
gave a start (jumped) 驚いてびくっとした
rid (cleanse) 一掃する
wizardkind (the wizard race) 魔法使いの種族
befall (happen to) 起こる
whilst... (= while...) ……のあいだ

In spite of himself (despite his lack of interest) 思わず、興味がないのについ
provoke (annoy) 挑発する
Cornish pixies [コーニッシュ・ピクシーズ] コーンウォール地方のピクシー ▶▶ *p.74*
waggling (shaking) 振る　＊指を振るのは、相手をたしなめるときの仕草。
Devilish tricky little blighters (extremely tricky little fellows) やたらといたずら好きの小さな連中
eight inches 約20cm
shrill (high-pitched) 甲高い
budgies (= budgerigars) セキセイインコ
jabbering (chattering) しゃべりまくる
rocketing (flying very fast) ピュンピュン飛びまわる
bizarre (strange) 異様な、奇妙な
pandemonium (chaos) 大混乱

wreck (destroy) 破壊する
rampaging (behaving in a wild and dangerous manner) 暴れまわる
rhino (= rhinoceros) サイ
shredded (ripped apart) ひき裂いた
upended (turned over) ひっくり返した
waste bin (litter bin) ゴミ箱
candelabra (central light fitting) シャンデリア
Peskipiksi Pesternomi [ペスキピクシ ペスターノミ] ▶▶ *p.73*
nip...back (hastily return) せっせとつまんで戻す
hands-on experience (actual experience) 実地体験、体験学習
immobilising (preventing from moving) 動けなくする
Freezing Charm 縛り術　▶▶ *p.74*
didn't have a clue (had no idea) わかっていなかった

▶▶ **地の文**

Things started to go downhill

「事態が下り坂になった」、つまり「ものごとが悪くなりはじめた」の意味。ところで、日本語の「下り坂」の反対語「上り坂」は「ものごとがよくなる」という意味ですが、英語のuphillはそうではありません。an uphill struggleといえば、「悪戦苦闘」のことです。英語は論理的でないと言うけれど、たしかにそうかもしれませんね……

top of his lungs

英語でよく使われる表現で、「肺に吸い込める限りの息で」、つまり「大声で」という意味です。

conker-like knuckles

> conkerはつやつやした茶色の「トチの実」。イギリスの子どもたちはconkerの実を集めてそれに紐を通し、相手のconkerとぶつけ合って遊びます。conkerが割れずに残ったほうが勝ち。この場面では、クラッブのこぶしがトチの実にたとえられています。大きくて固い、殴られたらいかにも痛そうなこぶしなのでしょう。

▶▶ せりふ

My name was down for Eton

> Eton（イートン校）は、イギリスでも超一流の男子パブリックスクール。トップクラスの政治家や王族、貴族の多くがここの出身者です。入学金は非常に高いものの、入学希望者の名簿には、たくさんの子どもたちの名前が連ねられています。そのため、多くの親たちは、子どもが生まれて性別がわかるとすぐに、自分の息子をEtonの名簿に登録します。name down for Etonとは、「入学希望者の名簿に登録する」という意味です。

▶▶ 呪文

Peskipiksi Pesternomi [ペスキピクシ・ペスターノミ]

> 英語の単語とおかしな綴りを混ぜあわせた、おもしろい呪文です。Cornish pixie（コーンウォール地方のピクシー）を退治するために唱えるこの呪文は、次の語から成っています。
> - *Peski*──pesky（うるさい、迷惑な）
> - *Piksi*──Pixie（ピクシー、小妖精）
> - *Pester*──pester（しつこくつきまとって悩ませる）
> - *Nomi*──not me（わたしに……をしないで）
>
> したがってその意味は、pesky pixie don't pester me（うるさいピクシー、わたしにつきまとわないでくれ）、というわけです。

Freezing Charm

　　相手を動けなくさせる呪文で、邦訳では「縛り術」と呼んでいます。この場面では、いたずらなCornish pixieたちを捕まえて籠に戻すために、ハーマイオニーが使っています。

▶▶ **魔法界の生き物**

Mandrakes

　　mandrake（マンドレイク、恋なすび）は人間のような形の根をした実在の植物で、古くから媚薬として用いられてきました。なんと聖書の「創世記」の中にも、その記述が見られます。子宝に恵まれないラケルが、子宝に恵まれている姉レアをうらやんで、「あなたの息子が取ってきたmandrakeを、どうかわたしにください」と姉に頼むというエピソードです。

　　地面から引き抜かれるときにmandrakeがあげる叫び声を聞いた人は死ぬ、という言い伝えは非常に古く、おそらく11世紀にまでさかのぼります。ShakespeareもRomeo and Julietの中で、Shrieks like mandrakes torn from the earth（地から引き抜かれた恋なすびのような叫び）と記しています（第4幕第3場）。mandrakeを安全に地面から引き抜く唯一の方法は、以下のとおり。これまでに人の血を流したことのない両刃の剣を使ってまわりの土をほぐし、mandrakeを飢えた犬に結びつける。その犬を肉でおびき寄せると、mandrakeが引っ張られる。根が地表に見えてきたら、声を聞かずにすむようにトランペットを吹く。こうして自分の命を守る、というわけです。

Cornish pixies [コーニッシュ・ピクシーズ]

　　pixieはイングランド南西部Cornwall地方の伝説に登場する家の妖精。おそらくアイルランドのleprechaun（レプラコーン）のイングランド版でしょう。伝説によれば、緑の服を着て、先のとがった帽子をかぶり、赤毛で子どもっぽい顔をしています。でも、ここに描かれているCornish pixieは、伝説の姿とは異なり、群青色をしているようですね。

▶▶ 魔法の道具

Howler［ハウラー］

　赤い封筒に入った手紙、Howlerの封を開けると、差出人の怒鳴り声が拡大されて、耳をつんざくばかりに響きわたります。邦訳で「吼えメール」と呼ばれるこの手紙は、たいていは親たちが子どもを叱りつけるために送られます。そしてひととおり怒鳴り終えると、赤い封筒は炎に包まれて燃えあがります。Howlerという名称の由来は、「怒鳴る、わめく」を意味するhowlから。

Spellotape

　Spellotapeは、壊れたもの（ここの場合は魔法の杖）を貼りあわせて修理するときに使う魔法のテープ。この名称は、イギリスの接着テープの有名ブランド名Sellotape（セロテープ）に、spellという語を混ぜあわせて、魔法の品であることを表しています。

▶▶ 情報

timetables

　11歳以上の子どもたちが通うsecondary school（中等学校）では、学年度のはじめに一週間の授業の予定を記したtimetable（時間割表）が配られます。日本の大学と同じように、secondary schoolの教師たちはみな自分の専門とする一教科だけを教え、生徒たちは授業ごとに教室を移動します。そのため、timetableには教科名、教師名のほかに、教室番号も記されています。

　ちなみに、授業の1コマ（1時限）はイギリスではperiodと呼ばれ、1コマはだいたい50分。授業と授業のあいだの10分は、教室の移動に使われます。

What's More 6

イギリスの朝食

　第6章には、ホグワーツの朝食の献立が書かれています。牛乳を入れて煮たオートミール (porridge)、ニシンの燻製 (kippers)、トースト、卵、ベーコン——これは典型的なイギリスの朝食ですが、このほかにシリアル (cereal)、マッシュルーム、ソーセージ、トマト、トマトソースで煮たインゲン豆 (baked beans)、ハム、ジャム、マーマレード、蜂蜜なども、よく朝食のテーブルにのぼります。

　とはいえ、これほど食べごたえのある朝食を、イギリスのすべての家庭が毎朝食べているわけではありません。仕事に出かける平日の朝は、ほかの多くの国の朝食と同じように、ボウル1杯のシリアルかジャムを塗ったトースト1、2枚程度ですますことが多いようです。

　本格的なEnglish breakfastは日曜日の朝に登場することが多く、家族で食卓を囲んでたっぷりした食事を楽しみます。しかし、人々が日曜日にこのようなボリュームのある朝食をとるわけを理解するには、イギリスの文化や、イギリス人の一般的なライフスタイルに目を向ける必要があります。

　キリスト教の教えによれば、日曜日は安息日。このため、日曜日には店が開いていないのがふつうです。そこで、ほかにあまりすることがないので、家でくつろいで過ごすというわけです。日曜日は、1週間で最も贅沢な食事Sunday roastを食べる日でもあります。イギリスでは、1日3回の食事を単純にbreakfast、lunch、dinnerと分けることはできません。dinnerという語は1日のうち最も重要な食事を指し、lunchという語はふつう、あり合わせの軽い食事を意味しています。日曜日の昼間の食事をSunday dinnerと呼ぶのは、こうした理由からです。オーブンで大きな肉の塊を焼くのに数時間かかるため、Sunday dinnerの時間は、ふつう午後2時か3時ごろ。そんなわけで、Sunday dinnerまでお腹がすかないようにするため、たっぷりした朝食を食べることになります。ここでEnglish breakfastが重要な役割を果たすのです。

　日曜日の朝食は、このコラムの冒頭であげたようなものをみな、冷めないように温めた皿にのせて出すのが一般的です。そして人々は、忙しい平日にはできない会話を楽しみながら、1時間ぐらいかけてゆっくりと食事をするのです。

　書き忘れるわけにはいかないことがもうひとつ。パブは「安息日」の規則を免れているため、日曜日の昼食時に店を開けています。そのため、朝食をたらふく食べたあと、肉の塊をオーブンに入れ、地元のパブにぶらぶらと出かけていく、という人も多いようです。パブで近所の人たちと楽しくしゃべりながら2、3杯やり、家に戻るとSunday dinnerが焼きあがっているというわけです。

　わたしとしては、日曜日の習慣の中で、これがいちばんの楽しみだったりして……

第7章について

基本データ		
語数		4553
会話の占める比率		38.9%
CP語彙レベル1、2 カバー率		76.4%
固有名詞の比率		6.8%

Chapter 7　Mudbloods and Murmurs
──異変の兆候

Mudbloods and Murmurs

章題　このタイトルは、ふたつのできごとに関連しています。Mudblood（穢れた血）という語は辞書には出てきませんが、魔法界において最もひどい侮辱の言葉です。一方、murmurは辞書に載っている語で、「ささやき」の意味。このふたつの語はいったいどのように関連しているのでしょうか。それを知るために、このまま読みつづけてみましょう。

章の展開

この章では、ホグワーツでの生活がさらに紹介されています。魔法界の人たちがみな大好きなスポーツ、ギルデロイ・ロックハート先生の人柄、そして、校内で起ころうとしている異変の最初のしるしなどについて語られます。以下の点に注意して読んでみましょう。

1. ハリーが朝早く起こされた理由。
2. ハリーが参加させられた練習。
3. ハリーたちの練習を邪魔しにきた人たち。彼ら全員が持っている道具。
4. グリフィンドール・チームが腹を立てた理由。
5. ロンの災難。
6. ハグリッドの小屋への訪問。
7. ハリーとロンが課された罰則。
8. ロックハート先生の研究室で起こったできごと。

●登場人物 〈#ひさびさに登場した人物〉

Professor Flitwick［フリトウィック］呪文学の教師→第1巻8章
Oliver Wood［オリヴァー・ウッド］ホグワーツの生徒で、グリフィンドールのクィディッチ・チームのキャプテン→第1巻9章
Alicia Spinnet［アリーシア・スピネット］ホグワーツの生徒で、グリフィンドールのクィディッチ・チームのメンバー→第1巻11章
Katie Bell［ケイティー・ベル］ホグワーツの生徒で、グリフィンドールのクィディッチ・チームのメンバー→第1巻11章
Angelina Johnson［アンジェリーナ・ジョンソン］ホグワーツの生徒で、グリフィンドールのクィディッチ・チームのメンバー→第1巻11章
Marcus Flint［マーカス・フリント］ホグワーツの生徒で、スリザリンのクィディッチ・チームのキャプテン→第1巻11章
Fang［ファング］ハグリッドの飼っている犬→第1巻8章
Mr (Argus) Filch［アーガス・フィルチ］ホグワーツの管理人→第1巻7章

語彙リスト

ホグワーツの状況
＜英＞p.81　l.1　　＜米＞p.104　l.1

dodging out of sight (hiding) 隠れる
memorised (remember) 暗記した
thrill (enjoyment) わくわくした喜び
All right, Harry? (Hello, Harry?) ▶▶*p.81*
exasperated (irritated) いらだたせた
malfunctioning (defective) 使い物にならない、正しく働かない
surpassing itself (transcending even its own capacity) それ自身の能力を超えて
Charms 呪文学。ホグワーツで教わる教科のひとつ ▶▶第1巻8章
squarely (exactly) ちょうどその場所に、まともに

グリフィンドールの共同寝室で
＜英＞p.81　l.18　　＜米＞p.105　l.3

whassamatter? (= what's the matter?) どうしたの？

groggily (sleepily) 眠そうに
racket (noise) 騒がしい音
crack of dawn 夜明け ▶▶*p.64*
burly (muscular) たくましい
pitch (Quidditch field)（クィディッチの）グラウンド
scribbled (hastily wrote) 走り書きした
bemusedly (half-interested) ぼんやりして
deserted (empty) 人のいない
Quidditch クィディッチ ＊魔法界のスポーツ。 ▶▶*p.82*

クィディッチのグラウンドに向かう途中
＜英＞p.82　l.26　　＜米＞p.106　l.13

resigned to... (accepting the tedious job of...) あきらめて……をした、(面倒なことをするのを)引き受けた
Bludgers［ブラッジャーズ］ ▶▶*p.83*
Beaters［ビーターズ］ ▶▶*p.82*
gazing (staring) 見つめる
Quaffle［クァッフル］ ▶▶*p.83*

Chasers [チェイサーズ] ▶▶*p.82*
Golden Snitch [ゴールデン・スニッチ] ▶▶*p.83*
Seeker's [シーカーズ] ▶▶*p.82*
in awe (in admiration) 尊敬をこめて
dew-drenched (soaked with early morning moisture) 朝露にぬれた
Keeper [キーパー] ▶▶*p.82*
sloping (angled) 傾斜した
piping (high-pitched) 甲高い

更衣室で
＜英＞*p.83*　*l.25*　　＜米＞*p.107*　*l.24*

puffy-eyed (with sleep-swollen eyes)（寝不足の）はれぼったい目をした
tousle-haired (with uncombed hair) くしゃくしゃの髪の
nodding off (falling asleep) こっくりこっくりする
devising (developing) 考案して
wiggle (move) 動く
diagram (plan) 図
launched into (started) 始めた
tactics (strategy) 戦略
drooped (fell) 垂れた
stupor (dreamlike state) 夢見心地
droned on (continued speaking) 話しつづけた
wistful (pleasant) あこがれるような
with a start (suddenly) はっとして、突然
glowering (frowning) にらみつけながら
shifted (changed his position) 体の位置を変えた
player short (player missing) 選手欠場
torturing him (painful to him) 彼を苦しめている
theories (ideas) 理論、考え

クィディッチのグラウンドで
＜英＞*p.84*　*l.26*　　＜米＞*p.109*　*l.11*

remnants of (remaining) 名残

incredulously (disbelievingly) 信じられないようすで
mounted (climbed onto) 乗った
magnified (louder) 拡大されて
spurt (acceleration) 勢い、加速
in outrage (angrily) 怒って、憤慨して
booked (reserved) 予約した
dismounted (climbed off) 降りた
clear off (go away) ここから去れ
trollish cunning (sneaky like a troll) 巨人のトロールのようなずるさ
leering to a man (all of them leering) 全員がにやにやして　＊to a manは「最後のひとりまで」、つまり「ひとり残らず」。
distracted (attention turned away) 注意をそらされて
lettering (letters) 文字
speck (small piece) かけら
sweeps the board (is far superior) 圧勝する　＊もともとは「卓上の掛け金をひとり占めにする」という意味。
slits (thin lines) 細い線
reeling (stumbling) よろめいて
almighty (enormous) とてつもない、大きな
doubled up (bent over with laughter) 体をふたつに折って笑った
on all fours (kneeling down) 四つんばいになって

ハグリッドの小屋で
＜英＞*p.88*　*l.7*　　＜米＞*p.114*　*l.9*

grumpy (bad tempered) 不機嫌な
Bin wonderin' ▶▶*p.152*
threshold (entrance to the hut) 戸口
perturbed (surprised) 驚いて
plonking (placing) (音をたてて) 置きながら
bustling around (making himself busy) 忙しそうに動きまわる
boarhound　ボアハウンド。ハグリッドの飼っている犬
slobbering (drooling) よだれを垂らす
kelpies　ケルピー、水魔　▶▶*p.82*

half-plucked (missing half of its feathers) 羽を半分むしり取られた
bangin' on (= banging on) (continually speaking) とめどなく話す
banished (expelled) 追い払った
jinxed (cursed) 呪われている、縁起が悪い
burp (belch) げっぷ
brilliant shade of magenta (bright red) 鮮やかな赤
we'd've = we would have
retched (gagged) 吐いた
cemented (stuck) 接着した
gotta bone ter pick with yeh (= got a bone to pick with you) ちょっと小言を言わなくてはならない ▶▶*p.81*
wrenched (pulled) 引っ張った
genially (friendlily) やさしく、親しみをこめて
Engorgement Charm 太らせ魔法 ▶▶*p.81*
twitching (quivering) ピクピクさせる
precious (valuable) 貴重な、大切な

玄関ホールで
＜英＞*p.*91　*l.*28　＜米＞*p.*118　*l.*21

suppressing (holding in, restraining) 押し殺しながら、抑えながら
elbow grease (hard work) 骨の折れる仕事 ▶▶*p.81*
loathed (hated) 嫌われて
Eight o'clock sharp (eight o'clock exactly) 8時きっかりに

大広間で
＜英＞*p.*92　*l.*3　＜米＞*p.*119　*l.*10

gloom (misery) 暗い気分

fancy (enjoy) 楽しむ
shepherd's pie シェパード・パイ ＊ひき肉にマッシュポテトをのせて焼いたパイのこと。cottage pie とも呼ばれます。

ロックハート先生の研究室で
＜英＞*p.*92　*l.*3　＜米＞*p.*119　*l.*25

scallywag (naughty boy) いたずら坊主
snailed by (moved as slowly as a snail) かたつむりのようにゆっくり過ぎた
fickle (capricious) 気まぐれな
Celebrity is as celebrity does ▶▶*p.81*
prattle (chatter) おしゃべり
chill (freeze) 凍らせる
bone-marrow (the core of the bones) 骨の髄
drowsy (sleepy) 眠い
Great Scott (oh, my God) おやまあ!
dazed (dizzy) ぼうっとして

グリフィンドールの共同寝室で
＜英＞*p.*93　*l.*3　＜米＞*p.*121　*l.*8

nursing (carefully cradling) (痛むところなどを) さすりながら
seized up (stopped moving) 動かなくなった
buff up (polish) 磨く
Special Award for Services to the School 学校に対する特別功労賞
canopy (tent-like cover) 天蓋

▶▶ **せりふ**

All right, Harry?

> 意外に思われるかもしれませんが、"All right"は"Hello"と同じように使うことができます。ただし、これは親しい者同士の挨拶で、あらたまった場では使われません。もともとは"Are you all right?"（元気？）で、そこからAre youが省略されたのです。

gotta bone to pick with yeh (= got a bone to pick with you)

> pick a boneとは、何か不正なことなどをした相手に「苦情を言う、文句を言う」という意味。

elbow grease

> elbow greaseとは「骨の折れる肉体労働」のこと。grease（油）を塗ってすべりをよくしたかのように、elbow（肘）を前後によく動かすという表現です。ここの場合、マクゴナガル先生は、トロフィー・ルームで銀を磨くのに魔法を使わず、elbow greaseをたっぷり塗って自分の力で磨くように、とロンに命じているのです。

Celebrity is as celebrity does

> この文は一見むずかしそうですが、「有名人はそれに見合うだけのことをするから有名なのだ」と言っているだけのこと。つまり、ハリーも自分と同じぐらいのことをすれば有名になれる、とロックハート先生は豪語しているのです。

▶▶ **呪文**

Engorgement Charm

> 邦訳で「肥らせ魔法」と呼んでいるこの呪文は、ものをふつうよりも大きくする魔法です。engorgeは「ふくれさせる」の意味。たとえばThey are engorged.と言えば「彼らはふくれあがっている」、つまり「彼らは食べすぎだ」という意味になります。

▶▶ **魔法界の生き物**

kelpies

　邦訳で「水魔」と呼ばれているkelpieは、緑色の草のたてがみを持つ馬。英語のkelpは海草の一種ですが、kelpieの名はこのkelpに由来しています。kelpieのたてがみはkelpそっくりなのです。kelpieは旅人を誘惑してその背中に乗せ、水底深く引きずりこんで溺死させます。またkelpieは、姿を変えることができると言われています。実はLoch Ness Monster（ネス湖の怪獣ネッシー）も、人々をびっくりさせようとしてウミヘビに姿を変えた、世界最大のkelpieとか。

▶▶ **情報**

Quidditch

　Quidditchのルールの概要は次のとおり。

1. 各チーム7名
   - Chaser（3名）　Quaffleと呼ばれるボールをパスしあい、相手ゴールの3つの輪のうちのどれかに投げ入れる。
   - Beater（2名）　Chaserたちを箒から叩き落とそうとするBludgerと呼ばれるボール（ふたつ）を敵陣に打ち返し、味方チームのChaserたちを守る。
   - Keeper（1名）　相手チームに得点されないよう、ゴールを守る。
   - Seeker（1名）　Golden Snitchと呼ばれるボールを探し、相手チームのSeekerより先にそのボールを捕る。
2. 4つのボールを使用
   （Quaffleひとつ、Bludgerふたつ、Golden Snitchひとつ）。
3. 得点は、ゴールごとに10点
4. Golden Snitchを捕ると150点
5. Golden Snitchが捕られた時点で試合終了

【Quidditchの用語】
- ● Seeker［シーカー］
  Golden Snitch（金のスニッチ）を捕まえて試合を終わらせ、チームに150点を獲得する任務を負う選手。Golden Snitchを探し

求める (seek) 役割から、Seekerと呼ばれます。
- Chaser [チェイサー]
Quaffleをパスしあってゴールに投げ入れ、得点する任務を負う選手。相手チームの選手に対抗し、味方チームの選手を互いに追って (chase) スタジアム中を駆けまわる役割から、Chaserと呼ばれます。
- Keeper [キーパー]
相手チームがゴールめがけて投げこむQuaffleを防ぐのが任務。ゴールの番をする (keep) 役割から、Keeperと呼ばれます。サッカーでやはりゴールを守るのが役割のgoalkeeperを短くしたものでしょう。
- Bludger [ブラッジャー]
スタジアム中をでたらめに飛びまわり、相手チームの選手をほうきの柄から叩き落とすボール。Bludgerという語は、bludgeon (力まかせに打つ) から。
- Quaffle [クァッフル]
Chaserたちが相手ゴールの輪に投げ入れて得点するボール。Quaffleとは、おそらく「すばやく飲みこむ」という意味の語quaffからつけたものでしょう。ゴールの輪は、文字どおりこのボールを飲みこむのです。
- Golden Snitch [ゴールデン・スニッチ]
Quidditchの試合で最も重要なボールです。Seekerがこのボールを捕まえると、チームに150点が入り、試合が終了します。snitchとは警察に情報をたれこむ「密告者」のことで、犯罪者仲間のうちでも最低の人間とされています。snitchという語が用いられたのは、おそらくこのボールが信じがたいほど巧妙に隠れて動きまわり、一方のチームを裏切って他方のチームに勝利をもたらすことがあり得るからでしょう。

What's More 7

バンシー

　「ハリー・ポッター」シリーズには、banshee（バンシー、泣き妖怪）という語がたびたび登場します。でも、それがどんな生き物なのかについては、書かれていませんね。

　bansheeはこの世のものとは思えない声で泣き叫ぶ妖精で、死を予言することができると言われています。その由来は、スコットランドやアイルランドに伝わるケルトの伝説。超自然の力を持つ古代アイルランドの部族Sidhe（スコットランド高地地方に住んでいたという説もあり）の伝説と密接に関連していると言われています。shee（シー）と発音されるSidheは、ゲール語で「妖精の丘の民」を意味しますが、アイルランドでは、そのエレガントで高貴な身のこなしから、「貴族」であったと考えられています。

　bansheeは若い女性の姿で現れることもあれば、どっしりした年配の女性、あるいはやつれた老婆の姿で現れることもあります。そして、フードのついた灰色のマントか、死者を包む経帷子（きょうかたびら）をまとっています。また、変身することもできるとされ、カラスやオコジョ、野ウサギやイタチの姿で現れることもあります。

　人間の姿をしたbansheeの目撃譚で最も有名なのは、15世紀にスコットランドのKing James I（ジェームズ1世）が見たbansheeの話でしょう。1437年、ひとりのbansheeが近づいてきて、Atholl伯の陰謀により王に死が迫っていると告げた、と伝えられています。

　bansheeは甲高い叫び声をあげることで知られ、そのすさまじさといったら、ガラスが割れてしまうほど。しかし、同じアイルランドでも地域によっては、必ずしも甲高い声のbansheeばかりではなく、Kerry州の伝説では「低く、心地よい声」、Tyrone州の伝説では「2枚の板を打ちあわせたような声」、Rathlin島の伝説では「女のむせび泣きとふくろうの鳴き声の中間のような、か細い叫び声」とされています。とはいえ、やはりbansheeと言えば、耳をつんざくような叫び声と切り離せません。そんなわけでbansheeという語は、甲高い声を表す慣用句に用いられています。

第8章 について

基本データ	
語数	4341
会話の占める比率	26.3%
CP語彙レベル1, 2 カバー率	76.5%
固有名詞の比率	5.8%

Chapter 8　The Deathday Party
──「秘密の部屋」は開かれた……

章題

The Deathday Party

birthday party（誕生パーティー）なら聞いたことがありますが、deathday party（絶命日パーティー）とはいったい何でしょう？ 自分の死んだ日を祝う人などいるのでしょうか。おそらくマグルの世界には、そんな人はいません。でも「ハリー・ポッター」の世界では、どんなことでもありうるのです。さあ、さっそく読んでみましょう。

章の展開

　この章では実にさまざまなことが起こります。しかし、いちばん重要なのは、章の最後に起こるできごとでしょう。とはいえ、シリーズ全体を通して毎回登場する人物がふたたび紹介されたり、やはりお馴染みの人物についてさらに情報を得ることができたりする章でもあります。ですから、注意をそらさずに読んでくださいね。この章のおもなポイントは以下のとおり。

1. グリフィンドール塔に戻ろうとしたハリーが出会った人物。
2. 泥まみれのハリーが巻き込まれた災難。
3. ハリーがフィルチの部屋で見つけた封筒の中身。
4. 廊下を歩いていたハリーが受けた招待。
5. 絶命日パーティーのようす。
6. 絶命日パーティーで、ハリーと友人たちが言葉を交わした女の子。
7. ハリーたちがパーティーを抜け出したときに起こったできごと。
8. ドラコ・マルフォイの予言。

●登場人物 〈▲新登場あるいは #ひさびさに登場した人物〉

- # **Madam Pomfrey**［マダム・ポンフリー］ホグワーツの校医→第1巻1章
- # **Nearly Headless Nick**［ニアリー・ヘッドレス・ニック］Sir Nicholas de Mimsy-Porpington［ニコラス・ド・ミムジー・ポーピントン］のニックネーム（ほとんど首無しニック）。グリフィンドール寮に住みついているゴースト→第1巻7章
- ▲ **Sir Patrick Delaney-Podmore**［パトリック・ディレイニー・ポッドモーア］Headless Hunt（首無し狩クラブ）のリーダー
- # **Mrs Norris**［ミセス・ノリス］管理人フィルチの飼っている猫→第1巻8章
- # **Peeves**［ピーヴズ］ホグワーツに住みついているポルターガイスト→第1巻7章
- # **Fat Friar**［ファット・フライア］ハッフルパフ寮のゴースト「太った修道士」→第1巻7章
- # **Bloody Baron**［ブラディー・バロン］スリザリン寮のゴースト「血みどろ男爵」→第1巻7章
- ▲ **Moaning Myrtle**［モーニング・マートル］ホグワーツの女子トイレに取りついている女の子のゴースト「嘆きのマートル」

語彙リスト

ホグワーツの状況
〈英〉p.94　l.1　〈米〉p.122　l.1

spate (outbreak) 相次ぐ発生、流行
Pepperup potion 元気爆発薬 ▶▶p.91
peaky (unwell) 具合が悪い
bullied into... (forced into...) 無理に……させられた
dampened (reduced) (やる気を) そがれる、くじかれる
Hallowe'en ハロウィーン ＊10月31日に祝われる異教の祭り。この晩にはこの世とあの世との境があいまいになると考えられています。▶▶第1巻10章
greenish blurs ▶▶p.89
jump-jets ▶▶p.89

グリフィンドール寮に戻る途中
〈英〉p.94　l.23　〈米〉p.123　l.7

came across (met) 出会った
preoccupied (thinking of other things) 物思いにふけって

morosely (miserably) ふさぎこんで
fulfil (satisfy) 満たす
half an inch 約1.27cm
dashing (suave) 派手な
plumed hat (hat with a feather) 羽飾りのついた帽子
tunic (jacket) 上着
ruff (frilly collar) ひだ襟
severed (cut off) 切断された
torrential (heavy) 激流のような、激しい
transparent (see-though) 透明な
tucking (pushing) しまいこむ
doublet (jacket) (体にぴったりくっついた) 上着
airy (light-hearted) 軽快な
bitterness (resentment) 苦しみ、つらさ
blunt (not sharp) (刃が) 鈍い
Headless Hunt 首無し狩 ▶▶p.91
ridicule (derision) あざけり
parted company (completely cut off) すっかり分かれた
Fuming (very angry) 憤然としながら

sinew (tendon) 筋
good and beheaded (sufficiently headless) 文句なしに斬首されている
Sir Properly Decapitated-Podmore ▶▶*p.90*
Sly(= Slytherin) ＊スリザリンと言いかけて、中断されてしまったのです。
mewing (the noise that a cat makes) 猫の鳴き声
skeletal (very thin, like a skeleton) 骸骨のような
flu (influenza) 流感
plastered (stuck) くっつけた
wheezing (breathing laboriously) 苦しそうに息をしながら
scarf (muffler) マフラー、襟巻き
jowls (sagging flesh on the side of the jaws) 垂れ下がったほおの肉
aquiver (quivering) 震えて
popping (protruding) 突き出て
alarmingly (frighteningly) 驚くほど
muck (dirt) 泥

フィルチの事務室で
<英>*p*.96　*l*.22　　<米> *p*.125　*l*.18

dangling (hanging) ぶら下がる
lingered (remained) 漂っていた
manacles (metal wrist restraints) 手枷
common knowledge (known by everyone) 誰もが知っていること
begging (pleading with) 懇願する
suspend (hang) 宙吊りにする
scrubbing (cleaning) (ごしごしこする) 掃除
bulbous (round) 丸い
befouling (soiling) 汚す
bated breath (anticipation) ひそめた息、これから起こることへの不安
sentence (punishment) 罰
in a transport of rage (very angrily) 怒り狂って
havoc (chaos) 混乱
distress (unhappiness) 不幸、災難
glossy (shiny) 光沢のある

lettering (letters) 文字
KWIKSPELL Quick Spell (魔法の速習) の綴りを変えて講座名にしたもの
Correspondence Course (educational course carried out by mail) 通信教育講座
Intrigued (fascinated) 興味をそそられて
sheaf (several pages) 束
taunted (ridiculed) ばかにされた
woeful (bad) 情けない、ひどい
wandwork (techniques with a magic wand) 魔法の杖の使い方
fail-safe (cannot fail) 誰も失敗することのない
incantations (the words used when casting spells) 魔法をかけるときに唱える呪文
sneer (make fun) あざ笑う
feeble (weak) 弱々しい
yak (species of ox inherent to Tibet) ヤク (チベット産の野牛)
gleefully (joyfully) うれしそうに
pasty (pale) 青白い
brick red (bright red) れんがのような赤い色
tic (nervous twitch) チック、痙攣
pouchy (fleshy) (肉が袋のように) たるんだ
don't breathe a word (never mention it) 何も言うな

廊下で
<英>*p*.99　*l*.6　　<米> *p*.129　*l*.1

Amazed (extremely surprised) 驚いて
wreckage (broken remains) 残骸
drawing himself up (standing up straight) 背筋を伸ばして立つ
roomier (larger) もっと広い
Mr Weasley ロンのこと
Miss Granger ハーマイオニーのこと
on tenterhooks (anxiously) 緊張したようすで ▶▶*p.89*

グリフィンドールの談話室で
<英> p.100　l.1　　<米> p.130　l.12

keenly (with great interest) 夢中になって
grumpy (bad tempered) 不機嫌な
lashing (hitting) 叩く
Salamander 火トカゲ ▶▶*p.90*
Care of Magical Creatures 魔法生物飼育学。ホグワーツで教わる教科のひとつ ▶▶*p.129*
smouldering (burning gently) くすぶる
tangerine (orange-coloured) オレンジ色の

絶命日パーティーに向かう途中
<英> p.100　l.25　　<米> p.131　l.9

rash (unwise) 軽率な
vast (large) 巨大な
carved (cut) くり抜かれて
troupe (group) 一座
skeletons (human bones in the shape of a fleshless person) 骸骨
bossily (domineeringly) 命令口調で
tapers (thin candles) 細いロウソク
drapes (curtains) 幕、カーテン
mournfully (miserably) 悲しげに

絶命日パーティー
<英> p.101　l.12　　<米> p.132　l.7

translucent (transparent) 半透明の
quavering (tremulous) 震える
ragged (untidy) ぼろぼろの服を着た
gaunt (thin) げっそりした
given a wide berth (avoided) ▶▶*p.90*
abruptly (suddenly) 突然
backtracked (retreated) 後ろに下がった
haunts (frightens after death) 取り憑く
out of order (broken, defective) 故障した、壊れた

tantrums (fits of violent temper) かんしゃく
loo (toilet) トイレ　＊イギリスの俗語。
wailing (crying mournfully) 悲しげに泣く
heaped (piled) 盛りつけられた
salvers (plates) 盆
maggoty (riddled with maggots) うじ虫の湧いた
haggis ハギス ▶▶*p.91*
slab (block) 塊
furry (covered with fur) 毛で覆われた
in pride of place (the centerpiece) 最も豪華なものが置かれる中央に
tombstone (memorial stone placed on a grave) 墓石
tar-like (black substance similar to pitch) コールタールのような
died 31st October, 1492 ▶▶*p.92*
portly (plump) 恰幅のいい
putrid (rotten) 腐った
swooped (flew swiftly) さっと飛んできた
Nibbles (snacks) おつまみ
squat (short and fat) ずんぐりした
glummest (unhappiest) 最高に陰気な
lank (limp) だらりと垂れた
welling (building up) (涙が)わき出る、あふれる
moping (brooding) ふさぎこむ
spotty (covered with acne) にきびだらけの
anguished sobs (miserable tears) 苦しげなむせび泣き
Kent ケント州　＊ロンドンの東にある州。
hunting horn きつね狩りに使う角笛
rearing and plunging (馬が)後ろ脚で立ったり四つ脚になったりしながら
hearty guffaw (loud laugh) 高笑い
Live 'uns (= live ones) 生きている連中　＊ハリーたちのことを指して言っているのです。
podium (small stage) 演壇、小さなステージ
late lamented (dead but not forgot-

ten) 今は亡き惜しまれるべき
vainly (without success) 効果なく、無駄に　＊「……しようとしたができなかった」というときに用いられます。

大広間に向かう途中
＜英＞*p.*104　*l.*37　　＜米＞*p.*137　*l.*11

murderous (capable of murder) 殺意を持った
all his might (as hard as he could) ありったけの力をこめて
phantom (ghost) 幽霊
bewildered (confused) 当惑した
Foot-high words　高さ30cmほどの文字
daubed (painted) 塗りつけられ
shimmering (glowing) ちらちらと光る
HEIR (descendant) 継承者
grisly (morbid) 身の毛のよだつような
immobile (not moving) 動かない

▶▶ **地の文**

greenish blurs

> blurとは「輪郭のぼやけた影」のことで、ここの場合、スリザリンのクィディッチ・チームのメンバーたちが、目にも止まらぬ速さで飛びまわっていることを示しています。彼らのユニフォームが緑色をしているので、greenishというわけです。greenish blursのあとには ...shooting through the air like jump-jets. と続きますが、jump-jetとは、英国空軍の主力である垂直離着陸戦闘機、Harrier Jump Jetのことです。

on tenterhooks

> この句は、結果を待ちながら不安な気持ちでいる状態を示しています。tenterとは一定の間隔にフックのついた木枠で、織ったばかりの布をそれに張り、幅を調整しながら乾燥させる器具です。相手から答えを聞くまで、フックに宙吊りになったような緊張した状態でいる、というわけですね。

第**8**章について

given a wide berth

　これはイギリスの航海術から派生した表現です。船は気まぐれな天候や潮流による衝突を避けるために、他の船や岩や陸地との間隔（berth：操船余地）をあけておかなければなりません。このようにもともと航海に関連して使われていたgive a wide berthは、現代では、相手との「間隔をできる限りあける」ことを意味するようになりました。ここの場合、パーティーの客たちはBloody Baron（血みどろ男爵）を遠巻きにしているというわけです。また、何かを「避ける」というニュアンスで、無生物に対しても使えます。たとえば、もしもあなたがピーマンを嫌いなら、always give green peppers a wide berth（いつもピーマンを避けている）と言うこともできるでしょう。

▶▶ せりふ
Sir Properly Decapitated-Podmore

　「ほとんど首無しニック」は、Patrick Delaney-Podmore卿のイニシャルP、D、Pを使い、ただし最初のふたつをProperly Decapitatedに変えて、冗談めかしているのです。decapitatedとは「首をはねられた」の意味。つまり、首がほんの少しだけつながっている自分とちがって「ちゃんと首をはねられたポドモア卿」（邦訳は「スッパリ首無しポドモア卿」）と呼んでいるわけですね。

▶▶ 魔法界の生き物
Salamander

　salamander（サンショウウオ）は世界各地の淡水にすむ実在の生き物です。しかし、伝説に登場するSalamanderはもっと邪悪な役割をわりあてられています。Salamanderは火から生まれ、火が燃えているあいだだけその火の中で生きつづける「火トカゲ」。木に登って実に毒を注ぎこみ、その実を食べた人はみな死ぬとも言われています。

▶▶ **魔法の道具**

Pepperup potion

校医のマダム・ポンフリー特製のこの薬は、風邪を治すための魔法の薬です。薬の名にpepperという語が使われていることからも、飲んだ人たちの耳から煙が出ることからも、この薬の主原料は、激辛のpepper（唐辛子）なのでしょう。でも、ここにもうひとつの意味が隠されていることも書いておきましょう。pep upとは「元気づける」の意味。そしてこの薬の名前をふつうの速さで口に出して言ってみると、pep her up（彼女を元気づける）とまったく同じ発音になるのです。

▶▶ **お菓子や食べ物**

haggis

haggis（ハギス）はスコットランド名物。粗挽きした羊・子牛の心臓や腎臓、脂肪、オートミール、香辛料を、動物（ふつうは羊）の胃袋に詰めてゆでたもので、見た目は太いソーセージに似ています。ほとんどのイングランド人、とくに子どもたちは、こんなものを口に入れると考えただけで、もう吐きそうになってしまいます。そんなわけで、イングランドとスコットランドの国境より南では、haggisはよくもの笑いの種になります。絶命日パーティーの吐き気をもよおしそうな食べ物の中に、J.K.Rowlingがこのhaggisを並べたのも、そんな理由からでしょう。

▶▶ **情報**

Headless Hunt

huntとは、きつね狩り愛好家の「狩猟クラブ」のこと。こうしたクラブのメンバーは、男女を問わずhuntsmenと呼ばれています。きつね狩りは広々とした田舎で馬に乗り、foxhoundと呼ばれる犬の群れを伴って行われます。

died 31st October, 1492

> 「ほとんど首無しニック」の絶命日ケーキに書かれたこの文字から、わたしたちはハリー・ポッターの年齢を算出することができます。ニックが1492年に死に、500回目の絶命日を祝っていることから、*Harry Potter and the Chamber of Secrets*の舞台は1992年。ハリーは11歳でホグワーツに入学し、今は2年生なのだから、それから計算すると、1980年生まれということになります。思っていたより、ハリーの年齢が上だったりして……？

What's More 8

誕生日

　第8章で、「ほとんど首無しニック」は500回目の絶命日を祝うパーティーを開いていますね。これは極端な例としても、世界の文化の中には、故人の死後、特定の年数がたったときに、親族が宗教的行事を行うために集まる習慣があります。ご存じのように日本の文化にもその習慣があり、一周忌、三回忌、七回忌、十三回忌、十七回忌などの法事がそれにあたります。
　イギリスでは、故人の亡くなった日を記念して人々が集まる習慣はありませんが、毎年、誰もが必ず祝う日があります。そう、誕生日です。
　誕生日を祝うのは今に始まった習慣ではなく、まだキリスト教化されていなかった数千年の昔にさかのぼります。当時の人々は、人に何か変化が起こっているとき——たとえば1歳年をとるときなどは、悪霊の影響にさらされやすくなると考えていました。そのため、誕生日には家族や友人たちを集め、笑いと喜びに囲まれることによって、悪霊から身を守ろうとしたのです。誕生日にプレゼントを贈る習慣も、このころから始まりました。プレゼントのもともとの趣旨は、人々が集まって、相手のこれからの1年の幸せを祈り、その気持ちを伝えることにありました。そして中には、そのしるしとしてプレゼントを持ってくる人もいたというわけです。
　誕生日の祝宴については、聖書にも記述があります。ファラオは廷臣たちを招いて自分の誕生日を祝ったと書かれていますし、ヘロデ王も高官や将校、ガリラヤの有力者たちを祝宴に招いたと書かれています。最も有名な誕生日は、もちろんベツレヘムで生まれたイエス・キリストの誕生日。イエスの誕生日は、毎年、多くの国で祝われていますね。
　誕生祝いのケーキにろうそくを灯す習慣は、ろうそくを灯して願いごとを唱えると、空に住んでいる神々が願いを聞いてくれると信じている人々が始めたものです。この習慣は、今日までほとんど変わることなく受け継がれています。願いごとをしながらケーキのろうそくを吹き消すという習慣も同様です。

第9章 について

基本データ		
語数		5118
会話の占める比率		49.2%
CP 語彙レベル1, 2 カバー率		78.8%
固有名詞の比率		6.1%

Chapter 9　The Writing on the Wall
——ハーマイオニーの探究

章題

The Writing on the Wall

このタイトルには二重の意味があります。ひとつは文字どおりの意味。前章の終わりに出てきた、廊下の壁に書かれた文字のことです。もうひとつは、誰の目にも明らかなのに食い止めることのできない問題を指す英語の慣用句です。たとえば、ある会社が資金難に陥っている場合に writing is on the wall と言えば、「悪い兆しがあらわれている」、つまり倒産するのが目に見えているという意味になります。ここの場合、壁に書かれた文字は、将来、何か問題が確実に起こり、誰もそれを止めることができないことを示しています。

章の展開

　この章から物語がいよいよ本格的に展開しはじめ、ここで初めてChamber of Secrets（秘密の部屋）をめぐる説明が提示されます。ハリーたちがこれから先の行動の計画をたてるのも、やはりこの章です。ですから、章全体をぜひ注意深く読んでくださいね。ところで、Professor Binns（ビンズ先生）が生徒たちを呼ぶときの名前にまどわされないよう、ご注意ください。歳をとって忘れっぽくなり、生徒たちをまったく違う名前で呼んでしまうのです。この章では、とくに次の点に注目してみましょう。

1. ダンブルドア先生とほかの3人の先生の到着。
2. ロックハート先生の研究室でのできごと。
3. スネイプ先生の提案した罰則と、ダンブルドア先生の判断。
4. 事件に対するジニー・ウィーズリーの反応。
5. 魔法史の授業でのビンズ先生の説明。
6. ハリーとコリン・クリービーが廊下で出会ったときのこと。
7. 城から逃げ出そうとしている生き物。
8. 嘆きのマートルのいるトイレの光景。
9. ハーマイオニーが調合しようと提案した魔法薬。

●登場人物 〈#ひさびさに登場した人物〉

Professor Binns［ビンズ］ホグワーツの魔法史の教師→第1巻8章
Lavender Brown［ラヴェンダー・ブラウン］ホグワーツの2年生→第1巻7章
Godric Gryffindor［ゴドリック・グリフィンドー］ホグワーツの4人の創立者のひとり→p.66
Helga Hufflepuff［ヘルガ・ハッフルパフ］ホグワーツの4人の創立者のひとり→p.66
Rowena Ravenclaw［ロウィーナ・レイヴンクロー］ホグワーツの4人の創立者のひとり→p.66
Salazar Slytherin［サラザー・スリザリン］ホグワーツの4人の創立者のひとり→p.66
Parvati Patil［パーヴァティ・パティル］ホグワーツの2年生→第1巻7章

語彙リスト

3階の廊下で
＜英＞p.107　l.1　＜米＞p.140　l.1

shouldering (pushing) 押しながら
detached (removed) はずした

ロックハート先生の研究室で
＜英＞p.107　l.22　＜米＞p.141　l.8

flurry of movement (quick burst of activity) せわしない動き
rollers (= hair rollers) ヘア・カーラー
tense (nervous) 緊張した
Transmogrifian Torture (a fatal wizarding curse) 異形変身拷問
counter-curse (spell to counteract a curse) 呪いに対抗する呪文
detested (hated) 嫌っていた
feeling a bit sorry for... (feeling sympathy for...) ……をかわいそうに思う
Ouagadougou［ワガドゥーグー］地名、ブルキナファソの首都
amulets (lucky charms) お守り、魔よけ
blotched (mottled) よごれた
purpling (turning purple) 紫色になる
Squib (wizard or witch with no magical powers) 魔法が使えない魔法使いや魔女　▶▶p.97
foreboding (apprehension) 悪い予感
bodiless voice (voice with no body) 姿のない声
deprived (dispossessed) 奪われて
privileges (benefits) 特権
evidence (proof) 証拠
procure (obtain) 手に入れる
revive (bring back to life) 生き返らせる
butted in (interrupted) 口を出した
whip up (create) 作る
Mandrake Restorative Draught (potion made of Mandrake that restores people to normal health) マンドレイク回復薬
icily (coldly) 冷たく

誰もいない教室で
＜英＞p.110　l.23　＜米＞p.145　l.3

rings a sort of bell (reminds me of something)　▶▶p.97
stifled (repressed) 抑えた、こらえた
chimed (rang out) 鳴った
frame (mistakenly point the blame) ぬれぎぬを着せる

ホグワーツの状況
<英>p.111　l.8　　<米>p.146　l.1

pacing the spot (walking around the location) その場を歩きまわる
Mrs Skower's All-Purpose Magical Mess Remover (a stain remover) 万能よごれ落とし
bracingly (in an attempt to make her feel better) 元気づけるように
nutter (crazy person) 変人
blanched (was shocked) 青ざめた
up to... (doing...) ……をする
tubeworms (worm-like insects that inhabit the wizarding world) 魔法界にすむ這い虫

図書館で
<英>p.111　l.39　　<米>p.147　l.4

three-foot long composition (essay approximately 90cm in length) 約90cmの長さの作文
eight inches 約20cm
four feet seven inches 約140cm
tiny (very small) 小さい
idiot (fool) ばか
legend (myth) 伝説
two inches 約5cm
History of Magic 魔法史。ホグワーツで教わる教科のひとつ ▶▶第1巻8章

魔法史の授業
<英>p.112　l.36　　<米>p.148　l.13

dullest (most boring) 最も退屈な
shrivelled (dried up and wrinkled) ひからびてしわしわの
varied (changed) 変化した
drone (monotonous voice) 単調な声
coming round (regaining consciousness) はっと我に返る
deadly dull (extremely boring) ひどく退屈な
International Warlock Convention of 1289 1289年の国際魔法戦士条約

amazed (extremely surprised) 驚いて
snapping (breaking) 折れる
Sardinian (from the island of Sardinia) サルジニアの
stuttered (stammered) どもった
Miss Grant ハーマイオニーの姓 Granger を呼びまちがえたもの
ludicrous (stupid) ばかげた
hanging on...every word (listening very carefully) 熱心に耳を傾ける
completely thrown (very confused) すっかりうろたえて
prying (nosy) 詮索好きな
persecution (maltreatment) 迫害
blearily (with tired eyes) 疲れた目で
sprang up (emerged) 起こった
rift (barrier) 亀裂
parentage (descendency) 生まれ、家系
untrustworthy (unreliable) 信頼できない
pursing his lips (pressing his lips together) 唇をかたく結んで
obscured (hidden) 隠された
fanciful (imaginary) 空想の
unseal (open) 封を開く、封印を解く
unleash (release) 解き放つ
purge (cleanse) 浄化する
unease (anxiety) 不安
arrant (absolute) まったくの
gullible (naive) だまされやすい
reedy (thin) か細い
O'Flaherty Seamus Finnigan の姓を呼びまちがえたもの ＊どちらもアイルランド系の姓。
aggravated (annoyed) いらだった
Miss Pennyfeather Parvati Patil の姓を呼びまちがえたもの
if the likes of...(if people such as...) もしも……のような人たちが
shred (iota) ほんのわずか
verifiable (confirmable) 立証できる
torpor (state of boredom) 無気力状態

第9章について

廊下で
<英>p.115　l.33　　<米>p.152　l.19

twisted old loony (perverse maniac) 心のねじ曲がった狂人
teeming (crowded) 混みあった
I wouldn't...if you paid me
▸▸p.97
I'd've = I would have
ferventl y (in full agreement) 熱烈に、強い同意を示して
shunted (moved) 脇へ押しのけられた
throng (crowd) 人だかり
bearing (carrying) 運ぶ
Scorch (burn) 焼け焦げ
dirty great (very large) とんでもなく大きな

嘆きのマートルのトイレで
<英>p.118　l.7　　<米>p.155　l.24

stubs (remains) 燃えさし
cistern (water tank) 水槽
mouthed (moved his mouth without actually speaking) 声を出さずに口だけ動かして言った
U-bend (part of a water pipe shaped like a 'U') U字管
gurgling ゴボゴボ音をたてる　＊水中で息をしている（この場合は泣いている）人のたてる音。
agleam (gleaming) 光り輝いて
chivvy (usher) 追い払う
tersely (brusquely) ぴしゃりと、ぶっきらぼうに
fingering (touching) いじりながら

グリフィンドールの談話室で
<英>p.119　l.34　　<米>p.158　l.8

blotting (making ink marks on)（インクの）しみを作る
smudges (marks) しみ、よごれ
ignited (set fire to) 火をつけた
scum (worthless trash) くず、かす
sceptically (disbelievingly) 疑わしげに
Polyjuice Potion　ポリジュース薬
▸▸p.97
Moste Potente Potions　最も強力な薬　＊古い英語でMoste = Most、Potente = Potent。
bound to... (sure to...) きっと……なはずだ
fall for... (be tricked by...) ……にだまされる
thick (stupid) 鈍い、ばかな

▶▶ せりふ

rings a sort of bell

　it rings a bell とは、ある言葉や光景やにおいやできごとが、心の奥底にある「記憶を呼び起こす」こと。記憶が呼び覚まされ、頭の中で鐘が鳴っているという比喩です。思い出したとはいえ、記憶がぼんやりとしているときにだけ使います。

I wouldn't...if you paid me

　英語でよく使われる表現で、「お金をもらったとしても絶対に……をしたくない」という意味です。たとえば、I wouldn't eat haggis if you paid me.(お金をもらっても絶対にハギスなんか食べたくない)とか (haggisについてはp.91を参照)、I wouldn't jump out of an airplane with a parachute if you paid me.(金をもらっても、飛行機からパラシュートで飛びおりるなんて、絶対いやだね)といったように使うことができます。

▶▶ 魔法の道具

Polyjuice Potion [ポリジュース・ポーション]

　Polyjuice Potion (ポリジュース薬)は、自分以外の誰かに変身できる魔法の薬。薬が効くようにするためには、変身したい相手の一部(皮膚、髪の毛、爪など)を中に入れなければなりません。

▶▶ 情報

Squib [スクィッブ]

　Squibとは、魔力を持たない魔法使い・魔女のこと。squibという語は実在し、小さな火花しか散らない小さな花火を指します。スラングでは、大きな音を出すくせにさっぱりおもしろくない花火のこと。

What's More 9

本と印刷技術

　ホグワーツの図書館は古今の書物であふれています。このうちのどれだけが手書きで、どれだけが印刷された書物なのか、それがわかったらおもしろいですね。

　1452年以前は、書類も本もすべて手書きするしかありませんでした。1450年代前半のヨーロッパでは、文化の急速な進展に伴って、手書きされた文書を安く迅速に手に入れたいという要望がますます高まっていました。筆写者の数は急増したものの、商品として扱われるようになった本の需要には、とても追いつきません。マインツ出身の金細工師で実業家だったヨハネス・グーテンベルクはこれに目をつけ、印刷技術を開発するために借金をしました。もしもうまくいけば、自分が金持ちになれるだけでなく、商人たちの熱い要望に応えることができると思ったのです。

　グーテンベルクは、当時の織物の製造法、製紙法、ぶどう搾り機の技術を結びつけて応用し、1452年、ついに可動式の鉛合金の活字を用いた印刷機を発明しました。この印刷機で印刷された最初の本はラテン語の聖書で、グーテンベルク聖書として世界に知られています。2巻からなるこの聖書は、300部ほど印刷されました。しかし残念ながら、グーテンベルクは実業家としての才能にはあまり恵まれていなかったと見え、借金の返済に追われて印刷機を手放さざるをえなくなったばかりか、聖書を販売して得た収入まで失いました。しかし彼の開発した印刷術は、社会に広く知られるようになったのです。

　印刷本の普及に向けた次の重要なステップは、1476年、William Caxtonが大衆的な文学の翻訳・出版を目的として、イギリス最初の印刷所を設立したことです。Caxtonが出版した本のうち最も有名なものは、Geoffrey Chaucerの *The Canterbury Tales*（『カンタベリー物語』）でしょう。彼は出版者であっただけでなく、世界初のプロの編集者であり、語法、綴り、文法などを整理したことにより、英語の標準化に貢献したと言われています。

　16世紀初頭までに、ヨーロッパには千軒ほどの印刷所が設けられ、35,000タイトル、2千万冊の本が出版されました。これらの本のほとんどは、学者たちの言葉であるラテン語で書かれたキリスト教関連書でしたが、このころまでには、さまざまな印刷物の出版に向けて、準備が整いつつありました。

　1798年の石版印刷導入によって、印刷技術はさらなる飛躍を遂げました。その後、石版印刷の流れを汲む平版印刷（オフセット印刷など）が、現在にいたるまで印刷方式の主流となっています。最近では、製版などのデジタル化も進んでいます。

第10章 について

基本データ		
語数		5274
会話の占める比率		40.3%
CP語彙レベル1、2 カバー率		78.0%
固有名詞の比率		6.1%

Chapter 10　The Rogue Bludger
——ハリーの災難と次なる犠牲者

The Rogue Bludger

もしも第7章のクィディッチのルールを読まれたなら、Bludgerがクィディッチに使われるボールのひとつであることをすでにご存じでしょう。rogueという語は「狂暴な、手に負えない」という意味で、ふつうは象などの野生動物に対して使われます。ところがこの章では、狂暴でまったく手に負えないBludgerが登場します。さて、何が起こるのでしょう……。

章の展開

いろいろなことが起こり、息もつかせぬような章です。物語に加速度がつき、アクションにも事欠きません。また、以前に登場したいたずらなキャラクターがふたたび登場します。そして彼が、第5章以来、謎に包まれていたことを解きあかしてくれます。ここでは次のことに注意して読んでみましょう。

1. ロックハート先生がサインをしてくれた紙。
2. ハーマイオニーが図書館から借りた本。
3. 嘆きのマートルのトイレでの相談。
4. クィディッチの試合と、ハリーが見舞われた災難。
5. ロックハート先生がハリーにかけた魔法と、その直後にハリーが行くことになった場所。
6. 夜にハリーを訪ねてきた人物。その人物が教えてくれたこと。
7. 医務室に運びこまれた人物。
8. ダンブルドア先生が告げたこと。

●登場人物 〈#ひさびさに登場した人物〉

Madam Pince［マダム・ピンス］ホグワーツの図書館司書→第1巻12章
Madam Hooch［マダム・フーチ］ホグワーツのクィディッチの教師→第1巻7章
Adrian Pucey［エイドリアン・ピューシー］ホグワーツの生徒で、スリザリンのクィディッチ・チームのチェイサー→第1巻11章

語彙リスト

闇の魔術に対する防衛術の授業
〈英〉p.122　l.1　〈米〉p.161　l.1

re-enacted (reproduced) ふたたび演じた
reconstructions (reproductions) 再現
Transylvanian (from Transylvania) トランシルバニアの
Babbling Curse おしゃべりの呪い ▶▶p.103
vampire 吸血鬼　＊夜になると墓から現れて人の血を吸う死人。
werewolf 狼人間、狼男　＊満月の夜に狼に変身する人間。▶▶第1巻13章
pounced (jumped on, attacked) 飛びかかった
slammed (threw) 叩きつけた
thus (in this way) こうやって
screwed up (concentrated) ふり絞った
immensely (incredibly) 非常に
Homorphus Charm［ホモーファス・チャーム］異形戻しの術 ▶▶p.103
piteous (deserving compassion) 哀れな
fangs (long, sharp teeth) 牙
shrank (became smaller) 縮んだ
Wagga Wagga［ウォガウォガ］オーストラリアの地名
tea-strainer 茶こし
peacock 孔雀
loopy (circular) 丸い、円を描く
fumbling (clumsy) ぎこちない動きの
useful player (skilled player) 役に立つ選手、有能な選手
National Squad (national Quidditch team) クィディッチのナショナル・チーム
eradication (removal) 根絶
expertise (skill, talent, technique) 専門的技術
less able (inferior) 能力の劣る
indistinct (unclear) あいまいな
brainless git (stupid fool) 能なし

図書館で
〈英〉p.123　l.39　〈米〉p.163　l.27

underfed (hungry) 飢えた
thrusting (pushing) 差し出した
forgery (counterfeit) 偽造
lofty (tall) 背の高い
mouldy-looking (covered in mould) カビに覆われたような

嘆きのマートルのトイレで
〈英〉p.124　l.15　〈米〉p.164　l.13

barricaded (locked) たてこもった
overridden (rejected) 却下した
objections (complaints) 反対、異議
pointing out (explaining) 指摘する、説明する
in their right minds (who had sufficient intelligence) まともな考えの、十分な知性のある
gruesome (awful) ぞっとする
Lacewing flies［レースウィング・フライズ］クサカゲロウ
leeches ヒル
fluxweed 満月草　＊魔法界にしか存在しない架空の植物。
knotgrass ニワヤナギ

Bicorn［バイコーン］(an animal with two horns) 二角獣
Boomslang［ブームスラング］毒ツルヘビ　＊魔法界にしか存在しない架空の動物。
chicken out (change his mind through fear) おじづいて決心を変える
brewing up (boiling, creating) (火にかけて飲料を) 作る、煎じる
stewed (boiled) 煮られて
full steam ahead (let's give it a try) ▶▶*p.103*
coast was clear (there was no danger of being discovered) 人に見つかる危険はない

大広間で
<英>p.126　l.1　　<米>p.166　l.18

huddled (sitting together in a small group) 少人数でかたまって座った
uptight (nervous) 緊張して

クィディッチの更衣室で
<英>p.126　l.4　　<米>p.166　l.27

muggy (humid) じめじめする、うっとうしい
pre-match pep talk (words of encouragement given by the captain before a match) キャプテンによる試合前の激励の言葉
denying (refusing to accept) 否定する
rue (regret) 後悔する

クィディッチのグラウンドで
<英>p.126　l.22　　<米>p.167　l.18

leaden (heavy) 鉛色の、雲が重く垂れこめた
Scarhead［スカーヘッド］ハリーを侮辱した呼び名　＊額のscar (傷痕) のことを指しているのです。
swerved (moved in an arc) 弧を描いて飛んできた

zoomed (sped) 突進した
unseat (knock off their broomsticks) (ほうきから) 振り落とす
pelted (chased) 突進した
tampered (interfered) (悪用するために) いじくった
forfeit (lose the match by default) 棄権したために試合に負ける
resume (continue) 再開する
tell-tale (revealing) はっきりそれとわかる
whoosh (noise of something moving swiftly through the air) 空中を突進するもののたてる音
speckling... (making spots on...) ……に点をつける
twirl (pirouette) 旋回
searing (burning) 焼けつくような
lodged (caught) とどまって、取りついて
haze (blur) ぼやけた状態
careering out of... (swerving out of...) ……を避けて突進しながら
pass out (become unconscious) 気を失う
Riddled... (infused...) ……にやりこめられて
thicket (forest) 立ち並んだもの
deflated (having the air let out of it) 空気が抜けて
remotely... (slightest bit...) 少しも……ない
toddle (go) よたよた歩く
escort (accompany) 付き添う

医務室で
<英>p.131　l.1　　<米>p.173　l.27

stick up for... (support...) ……を支持する
de-boning (bones removed) 骨抜きにすること
Skele-Gro［スケルグロウ］骨生え薬 ▶▶*p.103*
rough night (uncomfortable night) つらい夜

beakerful (cupful) ビーカーになみなみと注がれた
tut-tutting 舌打ちしながら ▶▶*p.103*
inept (unskillful) 無能な
gulp down (drink) 飲み下す
what promised to be... (what showed signs of becoming...) ……となりそうな状態
storming (hurrying angrily) 激怒して

夜の医務室で
＜英＞*p.*132　*l.*14　＜米＞*p.*175　*l.*27

pitch blackness (complete darkness) 真っ暗闇
sponging (wiping with a sponge) スポンジでふく
heed (listen to) 注意を傾ける
vigorously (eagerly) 力いっぱい、激しく
flogging (beating) (むちなどで) 打つこと
strangle (choke) 絞め殺す

ebb away (gradually disappear) 徐々に消える
'Tis = it is
enslavement (subjugation) 奴隷の状態、隷属
mopped (wiped) ぬぐった
grievously (seriously) ひどく
lowly (inferior) 身分の低い
dregs (scum) くず
vermin (rats) 害虫、有害な小動物
beacon (landmark) 道しるべ
horror-struck (deeply frightened) 恐怖に圧倒されて
Dark deeds (bad events) 闇の行い、悪事
meddle (interfere) 妨げる
ecstasy (pure pleasure) 抑えきれない喜び
noble (honorable) 気高い
valiant (courageous) 勇敢な
Minerva マクゴナガル先生の名
Albus ダンブルドア先生の名
acrid (sharp) つんと刺激する

▶▶ 地の文
tut-tutting

> 舌打ちの音をそのまま用いた語。腹立たしげなようすを表しています。

▶▶ せりふ
full steam ahead

> Full steam ahead.（全速前進）は、船を全速力で進めたいときに、船長が機関室に与える命令です。full steamはタービンエンジンを最大限に可動させ、船の推進器をフル回転させること。aheadはforward（前方に）の意味です。ふつうの会話で使う場合は、目的を達成するために、できる限りの力を尽くすという意味になります。

▶▶ 呪文
Babbling Curse

> 人をとめどもなくしゃべりつづけさせる呪いです。babbleとは、くだらないことをべらべら話すという意味。

Homorphus Charm ［ホモーファス・チャーム］

> 他の生き物の姿に変えられてしまった人を、もとの人間の姿に戻す術。Homorphusという語は、ラテン語 *homo*（人間）と英語 metamorphous（変身の）の後半部から。

▶▶ 魔法の道具
Skele-Gro ［スケルグロウ］

> 骨を生えさせるための薬Skele-Groの名称は、skeleton（骸骨）とgrow（育つ）から取ったものです。市場に出まわっている製品にも、これと同じようなパターンの商品名がよく見られます。語を短くするのは、短い商品名の中で用途をアピールするだけでなく、ユニークさを強調したいからでしょう。

What's More 10

狼人間

「ハリー・ポッター」シリーズには、werewolf（狼人間、狼男、人狼）という語がたびたび登場します。その起源は、何世紀も昔のヨーロッパの伝説にさかのぼります。wereとは古い英語で「人」のこと。したがってwerewolfとは、生まれつきの能力または魔法の力によって、満月の夜、一時的に狼に変身する人のことです。

werewolfは単なる伝説とばかりも言えず、やたらと生肉が食べたくなり、野生の狼のように狂暴になるという病気が実在します。lycanthropy（狼憑き）と呼ばれるこの病気は、よく姿が狼のようになってしまう病気と勘違いされますが、実はそうではなく、手に負えないほど狂暴になり、血に飢えたようになる病気なのです。

werewolfの物語はもともとバルカン半島南部で生まれたと言われていますが、まもなくヨーロッパ中に広がりました。人々がこうした生き物の存在を最も本気で信じていたのは、中世のことです。人々が魔女や魔法使いの嫌疑をかけられ、キリスト教の神ではなく異教の神々を礼拝したという理由で処刑されたのも、やはりこの時代です。werewolf呼ばわりされて拷問や処刑にあった人々の例も、数多く伝えられています。

最も有名なwerewolfの話は、おそらく16世紀後半にドイツのケルン周辺で起こった事件でしょう。この事件は当時、ヨーロッパ中を震えあがらせたと言われています。その地域では子どもたちが狼に次々と襲われており、ある子どもが喉を食いちぎられそうになった直後、狼狩りが行われました。彼らは狼を見つけることはできませんでしたが、ペーター・シュトゥッベという男がその地区から逃げ出そうとしているところを発見。その後シュトゥッベは、自分は魔法使いであり、狼に変身する能力を悪魔から授かったと告白しました。そして、25年間にたくさんの子どもとおびただしい数の羊や山羊を殺した、と自供しました。この自供が拷問のもとに行われたのかどうかは、明らかではありませんが、彼が拷問にかけられた末、首をはねられたという証拠は残っています。

第11章 について

基本データ	
語数	5976
会話の占める比率	31.7%
CP語彙レベル1, 2 カバー率	78.2%
固有名詞の比率	6.3%

Chapter 11　The Duelling Club
──ハリーvsマルフォイ、決闘の行方は……

章題　The Duelling Club

このタイトルは、ホグワーツに新しくできたクラブを指しています。duelとは、ふたりの人が自分で選んだ武器を手に、相手が死ぬまで闘う「決闘」のこと。ホグワーツの校長は、生徒たちが死ぬまで闘うのを、はたして許可したりするのでしょうか。まずは読んでみましょう。

章の展開

　ハリーの抱える問題はますます深刻になっていくように見えます。そしてここではさらに新たな問題まで起こるのです。この章はペースが速く、今後の展開に関わる内容をたくさん含んでいます。ですから飛ばし読みしないで、丁寧に読むことをおすすめします。注意するポイントは以下のとおり。

1. 嘆きのマートルのトイレで、ハリーがハーマイオニーとロンに話したこと。
2. 学校中に広まりはじめた噂。
3. ハーマイオニーが提案した、必要な原料を手に入れるための方法。
4. 魔法薬の授業で、みんなの注意をそらすためにハリーが仕組んだこと。また、ハーマイオニーが教室を抜け出して忍びこんだ場所。
5. 玄関ホールに貼り出された掲示。
6. 新しいクラブの顧問と助手をつとめる教師。
7. ハリーの対戦相手と、決闘の結果。
8. 魔法で呼び出された生き物と、それに対するハリーの反応。
9. グリフィンドールの談話室で、ロンがハリーに話してきかせた説明。
10. 図書館でハリーが耳にした会話。
11. 廊下でハリーが遭遇したできごと。
12. 石の怪獣像（gargoyle）の奥に隠された部屋。

●登場人物 〈♠新登場あるいは #ひさびさに登場した人物〉

- # **Bulstrode** (Millicent) [ミリセント・ブルストロウド] ホグワーツの生徒→第1巻7章
- ♠ **Miss Fawcett** [フォーセット] ホグワーツの生徒
- # **Boot** (Terry) [テリー・ブート] ホグワーツの生徒→第1巻7章
- ♠ **Ernie** (Macmillan) [アーニー・マクミラン] ホグワーツの生徒
- # **Hannah** (Abbott) [ハナ・アボット] ホグワーツの生徒→第1巻7章
- ♠ **Professor Sinistra** [シニストラ] ホグワーツの天文学の教師

語彙リスト

医務室で
〈英〉p.137 l.1　〈米〉p.182 l.1

dormitory 共同寝室 ▶▶p.111

嘆きのマートルのトイレで
〈英〉p.137 l.29　〈米〉p.183 l.9

We'd've = we would have
confession (admittance of the truth) 告白
Chameleon Ghouls [カミーリオン・グールズ] カメレオンお化け ▶▶p.110

ホグワーツの状況
〈英〉p.139 l.1　〈米〉p.185 l.1

tight-knit (small, coordinated) 小さくまとめられた
ventured forth (walked about) 歩きまわった
distraught (agitated) 取り乱した
going the wrong way (doing the wrong things) 逆効果のことをする
taking it in turns (alternately) 交互に
apoplectic (hysterical) (怒りで) かんかんの
roaring trade (excellent business) 大繁盛の取引
talismans (lucky charms) お守り

sweeping (permeating) 周囲に広がる
worm (coerce) 無理やり引き出す、吐かせる
robbing... (stealing from...) ……から盗む
diversion (distraction) 気をそらすこと
matter-of-fact tone (as if it were quite normal) まるで当たり前のことのような調子
mayhem (chaos) 混乱
as safe as poking a sleeping dragon in the eye (very dangerous) ▶▶p.109

魔法薬の授業
〈英〉p.140 l.5　〈米〉p.186 l.17

scales (instruments for measuring weight) 秤
prowled (wandered) 歩きまわった
fumes (vapour) 湯気
waspish (disparaging) 意地悪な
puffer-fish (blowfish) フグ
retaliated (sought revenge) 仕返しした
Swelling Solution (potion to make things larger) ものを大きくふくれあがらせる薬
blundered (stumbled) うろうろした
Deflating Draft (potion to make

things smaller) ものを小さくする薬
＊この本ではdraftとなっていますが、イギリスではdraughtと綴ります。
lumbered (walked slowly) 重々しく歩いた
bulging (oversized) 突き出す、盛りあがる
subsided (calmed down) 収まった

嘆きのマートルのトイレで
＜英＞p.141　l.10　　＜米＞p.188　l.8

feverishly (frantically) 夢中で
fortnight (two weeks) 2週間
frothed (foamed) 泡立った

玄関ホールで
＜英＞p.141　l.19　　＜米＞p.188　l.16

beckoned (gestured) 合図をした
come in handy (prove to be useful) 役に立つ
reckon (think) 思う

大広間で
＜英＞p.141　l.31　　＜米＞p.188　l.28

velvety (like velvet) ビロードのような
resplendent (radiant) きらきら輝く
sportingly (kindly) 公正に、親切に
finished each other off (killed each other) 互いに殺しあった
combative position (fighting stance) 闘う構えの姿勢
baring (showing) むき出しにする
Expelliarmus [エクスペリアーマス]
▸▸*p.109*
tiptoes (on the points of her toes in order to gain height) つま先
Disarming Charm 武装解除の術
▸▸*p.109* *Expelliarmus*の項を参照
instructive (educational) 教育的な
murderous (capable of murder) 殺人もしかねない
jutted (protruded) 突き出た
Rictusempra [リクタセンプラ]
▸▸*p.109*
Tickling Charm くすぐりの術
▸▸*p.109* *Rictusempra*の項を参照
unsporting (unfair) スポーツマン精神に反する
Tarantallegra [タランタレグラ]
▸▸*p.110*
quickstep (dance) クイック・ステップ、4分の4拍子のダンス
Finite Incantatem [フィニート・インカンターテム] ▸▸*p.110*
ashen-faced (pale) 青白い顔をした
headlock ヘッドロック。レスリングで相手の頭を腕で押さえこむ技
whimpering (crying softly) 弱々しい声で泣く
skittering (moving jauntily) すばやく動きながら
aftermath (results) 結果
flustered (agitated) 混乱させられて
malevolent (evil) 悪意に満ちた
devastation (disaster) 災難
Whoops (oh, dear) おっと！
You wish ▸▸*p.109*
cuffed (hit gently) 軽く叩いた
Serpensortia [サーペンソーティア]
▸▸*p.110*
aghast (astounded) 驚いて
Enraged (furious) 怒り狂って
slithered (ヘビが) 滑るように進んだ
poised (ready) 構えた
castors (small wheels) キャスター、脚車
inexplicably (for an incomprehensible reason) 説明のつかないことだが
docile (calm) おとなしい、従順な
stormed out (rushed out angrily) 怒り狂って駆け出した
shrewd (astute) 鋭い
tugging (pulling) 引く

グリフィンドールの談話室で
＜英＞p.146　l.16　　＜米＞p.195　l.12

Parselmouth [パーセルマウス] ▸▸*p.111*
boa constrictor 南米の大蛇　▸▸第1

巻2章
Parseltongue [パーセルタング] (the language of snakes) ヘビの話す言葉
egging...on (encouraging...) ……を励ます
creepy (scary) ぞっとした
gaped (stared with his mouth open) 口をあけて呆然とした
serpent (snake) ヘビ

グリフィンドールの共同寝室で
<英>p.147 l.19　<米>p.197 l.1

hangings (drapes) カーテン
forbidden (not allowed) 禁止じられた

グリフィンドールの談話室で
<英>p.147 l.36　<米>p.197 l.20

blizzard (snow storm) 吹雪
entrust (assign) 任命する
revive (bring back to life) 生き返らせる
fretted (worried) やきもきした

廊下で
<英>p.148 l.10　<米>p.198 l.3

catching snatches of... (hearing small parts of...) ……を断片的に聞きながら

図書館で
<英>p.148 l.21　<米>p.198 l.13

absorbing (interesting) 夢中にさせる、おもしろい
keeps a low profile (does not draw attention to himself) 目立たないようにする
bandy about (speak about in public) 言いふらす
on the loose (roaming around) うろついて
pigtails (hair plaited into ropes from both sides of the head) 三つ編み
solemnly (seriously) 重々しく
decent (good) 立派な
run-in (trouble) トラブル
uncertainly (with trepidation) ためらいながら
smithereens (tiny pieces) 粉々
stubbornly (obstinately) 頑固に
reproving (admonishing) とがめる
gilded (plated in gold leaf) 金箔の

廊下で
<英>p.150 l.16　<米>p.201 l.1

balaclava バラクラバ帽。顔と耳を温かく保つため、頭をすっぽり覆う毛糸の被りもの
All righ' ▶▶*p.*150, 152
hen-coop (hen enclosure) 鶏小屋
hot an' bothered (hot and agitated) かっかと興奮した
extinguished (put out) 消した
draught (wind) すきま風
identical... (the same as...) ……と同じ
potty wee Potter (potty = crazy, wee = little, Potter = Harry) ばかでチビのポッター
askew (out of alignment) 斜めに、曲がって
somersault (forward roll) 宙返り
rotter (objectionable person) いやなやつ
gargoyle ガーゴイル ▶▶*p.*111
Sherbet lemon 中に粉末ソーダの入ったレモン味のキャンディー ＊この場合は、校長であるダンブルドア先生の部屋へ行くときの合言葉として使われています。
evidently (apparently) 明らかに
dread (fear) 恐怖
griffon グリフォン ▶▶*p.*110

▶▶ 地の文

as safe as poking a sleeping dragon in the eye

> 眠っているドラゴンの目を突っついても安全だと思うようでは、命がいくつあっても足りませんが、ここでは、魔法薬の授業で騒ぎを起こすのも、それに劣らず危険な行為だと言っているのです。実は、このことわざのもととなったのは、ホグワーツの標語 *Draco dormiens nunquam titillandus.*（眠っているドラゴンをくすぐるべからず）です。英語のことわざ Let sleeping dogs lie.（眠っている犬はそのままにしておけ）の魔法界版と言えるでしょう。

▶▶ せりふ

You wish

> イギリスの若者たちのあいだでよく使われる表現で、その意味は、"No" と言っているのと同じです。とはいえ、そこに込められた意味は、"That is what you would like"（君がそう願っているだけだ）ということ。つまりここの場合、ハリーはドラコ・マルフォイに、"You would like me to be scared, wouldn't you?"（君は僕が怖がっていると思いたいんだろう？）と言っているのです。

▶▶ 呪文

Expelliarmus［エクスペリアーマス］

> Disarming Charm（武装解除の術）に使われる呪文です。相手の武器を取り去るこの呪文は、ふたつのラテン語 *expello*（追い払う）と *arma*（武器）に由来します。expel arms（武器を取り払う）という英語も、そのもととなったラテン語にそっくりですね。

Rictusempra［リクタセンプラ］

> Tickling Charm（くすぐりの術）に使われる呪文です。この呪文をかけられた相手は、からだをふたつ折りにして笑いこけるはめに。ラテン語 *rictus*（大きく開いた口）と *semper*（常に）に由来する呪文です。ちなみに、英語にも同じ意味で rictus という語があります。

Tarantallegra [タランタレグラ]

　この呪文をかけると相手は踊りだし、両足があまりに速く動くので、まともに立っていられなくなってしまいます。*tarantella*は8分の6拍子の動きの激しいイタリアの舞曲。*allegra*は「活発に、速く」を意味する音楽用語*allegro*から。

Finite Incantatem [フィニート・インカンターテム]

　ほかの人からかけられた魔法を終わりにする呪文です。*finite*と*incantatem*はそれぞれラテン語の*finio*(限界を定める、終える)と*incantatio*(魔法)から。つまり両方合わせて、「魔法を終わらせる」ということですね。

Serpensortia [サーペンソーティア]

　ヘビを呼び出して相手を襲わせる呪文です。ラテン語*serpens*(ヘビ)と*ortus*(誕生、発生)から。

▶▶ 魔法界の生き物

Chameleon Ghouls [カミーリオン・グールズ]

　Chameleon Ghoulは、背景と見分けがつかなくなるように変身することができます。この名前はもちろん、周囲に合わせてからだの色を変えることのできる爬虫類chameleonから。

griffon

　griffonは、鷲の頭と翼、ライオンの胴体を持つ伝説上の生き物griffinの別名。起源は古代インドにさかのぼり、黄金の財宝を守っているとされていましたが、やがてヨーロッパの伝説や神話に登場するようになりました。ギリシャ神話に登場するgriffinは強さの象徴で、復讐の女神ネメシスの化身とされています。アポロンやアレクサンドロス大王も、griffonの背に乗ったと伝えられています。

▶▶ **情報**

dormitory

　ここのdormitoryという語は、おそらくまちがいでしょう。ハリーはdormitory（共同寝室）にいるのではなく、先を読めばわかるとおり、hospital wing（病棟、邦訳では「医務室」）にいるのですから。

Parselmouth

　Parselmouthとは、ヘビの言葉を話し理解することができる人のこと。この語の由来は英語part「部分（名詞）」「分ける（動詞）」のもととなったラテン語*pars*。ヘビの舌は先が分かれていますから、「分かれた口」で話すといえば、ヘビ語を話すことになりますね。このparselmouthという語は、かつては英語として使われており、hare lip（口唇口蓋裂）の人を指していました。

gargoyle

第11章について

　gargoyleは恐ろしい顔や姿をした像で、教会など、ヨーロッパの古い建築物に魔よけとして設置されています。あまりの奇怪な姿に、敵たちは恐れをなして逃げてしまうというわけです。

What's More 11

決闘

　ホグワーツで始められた「決闘クラブ」は、何百年にもわたってイギリスに広まっていたduel（決闘）の伝統を反映しています。決闘が最も盛んだったのは15～16世紀。ふつうは、ふたりの人間が合意で決めた武器を選び、どちらかが死ぬまで闘います。最も一般的な武器は、剣、短剣、ピストルなど。ただし、犬、ビリヤードの玉など、変わった武器を用いた例もあります。

　決闘は、公衆の面前で侮辱を受けた者にとって、名誉を回復する唯一の方法と考えられていました。相手に決闘の挑戦を突きつけるには、手袋（かつてはgauntletと呼ばれていました）を地面に投げつけます。もしも相手がそれを拾い上げれば、挑戦を受けてたつという意味です。現在でもthrow down the gauntletという慣用句は、「挑戦を突きつける」という意味で使われています。もちろん、今では相手が死ぬまで闘ったりはしませんが。

　相手が挑戦を受けたとなると、ふたりはそれぞれsecond（介添え人）を任命します。secondの役目は、相手のsecondと連絡をとり、決闘の場所と日時、使用する武器を決め、不正行為が行われないように見張ることです。当時のロンドンで、決闘を行う場所として最も有名だったのはWimbledon Common。この公園は、今ではグランド・スラムのテニス・トーナメント開催地として、世界的に有名になっていますが、かつてはここで、多くの歴史的人物たちの決闘が行われていました。1798年に行われた、当時の首相William Pit（通称「小ピット」）と対立政党員のGeorge Tierneyの決闘もそのひとつです。

　首相William Pitは、フランス軍の侵入に備えて英国海軍を増強するために、増税案を議会に提出していました。George Tierneyはこの増税案に猛反対し、怒ったPittは彼を「国家に対する裏切り者」と非難。名誉を傷つけられたTierneyは挑戦を突きつけ（threw down the gauntlet）、Pittはそれを受けてたちました。ふたりが選んだ武器はピストルでしたが、ふたりとも1発目は失敗。Pittは2発目でわざと宙に向けてピストルを発射し、審判は、Tierneyの汚名は晴らされたと言って決闘を中止させました。

　決闘は1838年に違法とされましたが、伝統を断ち切るのはむずかしく、人々は相変わらず名誉をかけて挑戦を突きつけあいました。決闘がやっと下火になったのは、1840年、決闘でHarvey Tucket大佐を撃ったCardigan伯爵が、殺人未遂罪で裁かれてからのことです。

　同じ年にWimbledon Commonで決闘を行って逮捕された有名な人物として、ほかにルイ・ナポレオン皇太子がいます。彼はのちにフランスのナポレオン3世となりました。

第12章 について

基本データ	
語数	5411
会話の占める比率	31.6%
CP語彙レベル1、2 カバー率	77.5%
固有名詞の比率	7.9%

Chapter 12　The Polyjuice Potion
──トイレの中で大変身？！の巻

章題 The Polyjuice Potion

わたしたちはみな、Polyjuice Potion（ポリジュース薬）がどんなものか、すでに知っています。ですから、いよいよ本章でこの薬を使ってみることになったと言っても、差しつかえありませんよね。さて、うまくいくのでしょうか……？

章の展開

この章でわたしたちは初めてダンブルドア先生の部屋をのぞき見ることになります。またここでは、ホグワーツのほかの学寮の内部についても記述されています。ポリジュース薬の効き目を実際に知り、重要な情報を得ることにもなります。この章では次のことに注目してみましょう。

1. ハリーがダンブルドア先生の部屋でかぶってみた帽子。
2. ダンブルドア先生のペットとその習性。
3. ハリーとダンブルドア先生が交わした会話。
4. クリスマス・ディナーのときに、ハーマイオニーがハリーとロンに与えた指示。
5. ハリーとロンが玄関ホールで仕掛けた作戦。
6. 嘆きのマートルのトイレでのできごと。
7. ハリーとロンが廊下で出会った人物。彼がふたりを連れていった場所。
8. 「日刊予言者新聞」の切り抜き。
9. 談話室でハリーとロンともうひとりの人物が交わした会話。スリザリンの継承者に関して、ハリーたちが聞いたこと。
10. ハーマイオニーにふりかかった災難。

●登場人物 〈♠新登場〉

♠ Fawkes［フォークス］ダンブルドア先生が飼っている不死鳥

語彙リスト

ダンブルドア先生の部屋で
〈英〉p.154　l.1　　〈米〉p.205　l.1

rapped (knocked) 叩いた
scared out of his wits (scared senseless) 恐怖で取り乱して
curious (strange) 奇妙な
spindle-legged tables (tables with very thin legs) 細長い脚のついたテーブル
snoozing (sleeping) 眠る
claw-footed (feet of the table shaped like eagle claws holding balls) (机、テーブルが) 鷲の鉤爪が球をつかんでいるような形の脚をした
cast a wary eye (looked around fearfully) 恐る恐る見まわした
Bee in your bonnet ▶▶p.117
gagging (retching) ゲッゲッという
decrepit (scruffy) 老いぼれた
half-plucked (missing half of its feathers) 羽を半分むしり取られた
sombre (serious) 深刻な
phoenix (a bird that is reborn from its own ashes) フェニックス ＊自らを焼き尽くした灰の中から生まれ変わる鳥。▶▶第1巻5章
plumage (feathers) 羽
healing (curing) 癒す
perched (placed) (高いところに) 置かれた
ranting on (continuing to speak) 話しつづける
agitation (excitement) 興奮
swear (vow) 誓う

ホグワーツの状況
〈英〉p.157　l.2　　〈米〉p.209　l.13

hitherto (up until then) これまで
skirting around (avoiding) 避ける
sprout (grow) 生やす
nipping off (going to) 急いで行く
ward Harry off (protect themselves from Harry) ▶▶p.116
ludicrous (stupid) ばかげた
antics (playful performances) ふざけた行動、おどけた仕草
sour (bad-tempered) 不機嫌な

グリフィンドール塔で
〈英〉p.158　l.3　　〈米〉p.210　l.25

descended (fell) 降った
had the run of (had to themselves) 思いのままに行動できた
Exploding Snap 爆発ゲーム ▶▶p.118
pompously (self-importantly) もったいぶって
shielding (guarding) ……を覆って保護する
affectionate (loving) 愛情深く、やさしく
toothpick (small splinter of wood for cleaning between teeth) 爪楊枝
soften (make softer) 柔らかくする
bout (series) 連続、ひとしきり

大広間で
〈英〉p.159　l.12　　〈米〉p.212　l.19

dreading (fearing) 恐れる
holly and mistletoe (decorative plants)

ヒイラギとヤドリギ ＊クリスマスの装飾に使われる植物。▶▶第1巻12章
carols (Christmas songs) クリスマス・キャロル
eggnog エッグノッグ ▶▶*p.118*
Pinhead stupidを意味する侮蔑語 ＊ピンのように小さい頭→脳みそが小さい→ばか、というわけです。
come-uppance (deserved punishment) 当然の報い

廊下で
<英>*p.159* *l.26* <米>*p.213* *l.3*

burst in on (interrupt) 乱入する
interrogating (questioning) 質問する、取り調べる
stupefied (astounded) 度肝を抜かれた
Sleeping Draught (a potion to make people go to sleep) 眠り薬
doom-laden (deeply depressed) 運命に打ちひしがれた、ひどくがっかりした

玄関ホールで
<英>*p.160* *l.23* <米>*p.214* *l.12*

utter (complete) まったくの
shovelling down (eating greedily) がつがつと食べながら
trifle トライフル ＊ゼリー、カスタード、果物、スポンジケーキ、生クリームから成る三層のデザート。▶▶第1巻7章
banisters (handrails on staircases) 階段の手すり
gleefully (joyfully) うれしそうに
keeled over (fell over slowly) 倒れた
stowed (hidden) 隠された、しまいこまれた
bristles (stiff hairs) ごわごわした髪の毛

嘆きのマートルのトイレで
<英>*p.161* *l.6* <米>*p.215* *l.5*

issuing (emitting) 吐き出す

gloop gloop (noise of a thick substance boiling) ＊どろりとしたものが煮立っている音。
tumblers (glasses) グラス
sluggishly (slowly) ゆっくりと
splotched (stained) しみのついた
ladled (spooned) かき混ぜた
dollops (thick portions) (飲み物の) 一人前、一杯
sick sort of yellow (colour of vomit) ゲロの色
Urgh (yuk) ＊気持ち悪いものを見たときに出す声。
loathing (distaste) 嫌悪
bogey (dirt from the nose) 鼻くそ
Millicent Bulstrode's no pixie ▶▶*p.117*
writhing (moving) 動く、たくる
all fours (on hands and knees) 四つん這い
agony (severe pain) うめき
deep-set (sunken) くぼんだ、奥まった
indistinguishable from... (exactly the same as...) ……と見分けがつかない、……そのもの
pudding-basin haircut ▶▶*p.116*
precious (valuable) 貴重な

スリザリンの談話室に向かう途中
<英>*p.163* *l.25* <米>*p.218* *l.21*

labyrinthine (maze-like) 迷路のような
affronted (insulted) むっとした
pigging out (eating too much) ばか食いする
witheringly (sneeringly) 相手をひるませるように
motioned (gestured) 合図をした
derisive (scornful) あざけりの

スリザリンの談話室で
<英>*p.165* *l.15* <米>*p.221* *l.6*

elaborately (decoratively) 凝って、

装飾的に
look at home (look as if they belonged) くつろいでいるように見える
clipped (cut) 切り抜かれた
resignation (give up his position) 辞任
disrepute (disgrace) 悪評、不評
unfit (not qualified) 不適当な
bleakly (cheerlessly) うつろに、わびしげに
contorted (misshapen) ゆがめられて
snickering (giggling) くすくす笑いながら
hush it all up (keep it quiet) 口止めする
never've = never have
slow on the uptake (not very quick-witted) 頭の働きが鈍い
petulantly (childishly) じれったそう

に、子どものように我慢がなく
gormless (stupid) のろまな、まぬけな
relish (satisfaction) 楽しみ、満足
Azkaban (the prison for wizard criminals) 魔法界の犯罪者たちを収容する牢獄
keep my head down (do not draw attention to myself) 目立たないようにする
ridding (cleansing) 粛清
lot on his plate (very busy) 大忙し
without further ado (immediately) すぐさま ▶▶ *p.117*

嘆きのマートルのトイレで
＜英＞*p.*168　*l.*11　　＜米＞*p.*223　*l.*7

uncertainly ためらいながら

▶▶ 地の文

ward Harry off

　ward offとは、何かを用いて自分の身を守ること。ここの場合、ジョージはハリーを寄せつけないために、にんにくの束を使っています。吸血鬼はにんにくに近づくことができません。ジョージはにんにくの束を使うことで、ハリーが吸血鬼のように危険だというふりをしているのです。

pudding-basin haircut

　現在ではpudding-basin haircutはめったに見ることができません。しかし数十年前、親たちが子どもの高い床屋代を払いたがらなかった時代には、わりあいと一般的でした。当時、とくに男の子の場合は、よく母親か父親が家で子どもたちの髪を切ったものです。そんなとき、長さと形をそろえるために、頭にpudding-basin（プディングを作るときの容器）をかぶせ、そこからはみ出た髪の毛を切ったのです。その仕上がりは、たいてい見るも悲惨な髪型で、ひと目でpudding-basin haircutとわかるものでした。

without further ado

この古くからある慣用句は「ほかのことをあれこれしないで」という意味ですが、そこにはimmediately（ただちに、すぐさま）のニュアンスが含まれています。「騒ぎ、面倒」を意味するadoという語は、この慣用句を除けば、今ではもうあまり使われていません。この語を使った最も有名な例といえば、Shakespeareの戯曲 *Much Ado About Nothing*（『空騒ぎ』）がありますね。

▶▶ せりふ

Bee in your bonnet

この慣用句は、人が動揺させられ、その興奮がまだおさまっていないときに使われます。文字どおりの場面を想像してみれば、その意味がよくわかるでしょう。bonnetとは「帽子」のこと。帽子の中にハチがいれば、ひどく落ち着かないにちがいありません。

Millicent Bulstrode's no pixie

「ミリセント・ブルストロードはピクシーというわけではない」という意味ですが、要は「ミリセント・ブルストロードはからだが大きい」と言っているのです。pixie（妖精）は小さくて軽いので、その対比は明らかでしょう。英語ではこうしたタイプの比喩がよく使われ、さまざまな表現が可能です。たとえば、あまり頭がよくない友人のことを、"He's no genius."（彼は天才というわけではない）、あまり美人ではないガールフレンドのことを、"She's no beauty queen."（彼女は美人コンテストの女王ってわけじゃないからね）などなど……

▶▶ **お菓子や食べ物**

eggnog

> eggnogはクリスマスと結びつけて連想されるアルコール飲料ですが、もちろん一年中いつ飲んでもかまいません。ふつうはクリスマスの午後、お客さんたちが訪ねてくるときに、家庭で作ります。卵に砂糖、牛乳か生クリーム、好みの蒸留酒（ふつうはラム酒かブランデー）を加え、泡立て器で混ぜあわせたものです。

▶▶ **情報**

Exploding Snap

> イギリスの子どもたちに人気のトランプ・ゲームsnapの魔法界バージョンです。まずゲームの参加者に、トランプの札を同じ枚数ずつ配ります。そしてテーブルの真ん中に、カードを1枚ずつ次々と順番に出していきます。出されたカードの数字（あるいはキング、クイーン、ジャックの絵）が、そのすぐ下のカードと一致したときに、最初に"Snap!"と叫んだ人が、そこに置かれているすべてのカードをもらうことができます。そしてみんなの手札がなくなったときに、カードを持っている人が勝ちです。魔法界では、おそらく"Snap!"のときにカードが爆発するのでしょう。
>
> ちなみに、snapという語は、ふつうの会話でも、何かが偶然一致したときに使うことができます。たとえば、誰かが自分と同じ色のシャツを着ていたら"Snap!"と言うことができますし、誰かが「ブロッコリーが嫌いだ」と言ったときに、自分も嫌いなら、そんなときも"Snap!"と言うことができるのです。

What's More 12

バンパイア

　ギルデロイ・ロックハート先生の著書 *Voyages with Vampires* にも登場する vampire (バンパイア、吸血鬼) が、初めて世界的に有名になったのは、アイルランド人作家 Bram Stoker の小説 *Dracula* を通してでしょう。しかし vampire の存在は、それより何世紀も昔からヨーロッパの伝説に登場していました。最も有名な vampire は、Stoker の小説の舞台となったトランシルヴァニアの vampire。この語はルーマニア語の *wampyr* に由来しています。人間の血を吸う生き物については、ギリシャ、ローマ、ヘブライの神話に記されており、他の国々の伝説にも、同じような生き物が登場します。ところが不思議なことに、これらの生き物は似通ってはいるものの、地域によってまったく異なった容貌をしているようです。以下に例をあげてみましょう。

- トランシルヴァニアの vampire はやせこけていて青白く、真っ赤な唇にとがった牙、異様に輝く目と人を眠りに誘いこむかのようなまなざし、長くとがった爪、つながった眉、手のひらに毛、血のにおいのする息、超人的な力を持つ。
- ロシアの vampire は紫色の顔で、そのほとんどは魔女か、教会に背いた者。
- ブルガリアの vampire には鼻の穴がひとつしかない。片目をあけたまま、両手の親指を組んで眠る。家畜の疫病をはやらせることがよくある。
- モラヴィアの vampire は経帷子 (きょうかたびら) を脱ぎ捨て、裸で人を襲う。
- アルバニアの vampire はかかとの高い靴をはいている。
- 中国の vampire は月から力を得る。
- アメリカの vampire はロッキー山脈の出身で、鼻で相手の耳から血を吸う。
- メキシコの vampire は頭が骸骨。

　ヨーロッパに伝わる話の中には、たしかに vampire の仕業と思われるような話がたくさんあります。現在では、人間の血を飲みたくてたまらなくなるという症状が、精神障害のひとつとして実際に認められています。1727年にセルビアで起こった事件をご紹介しましょう。ある日、地元の農民アルノルド・パオレは馬車から落ちて首の骨を折り、死亡しました。それ以来、夜になるとパオレが村人たちの家にやって来るようになり、彼の訪問を受けた家の人は必ず死ぬ、という噂がたちました。村人たちがパオレの墓を掘りかえしてみると、その死体を包んだ布は血で真っ赤になっていました。人々は彼の死体を焼き、その灰をあたりに散らしたということです。

　ところで、Bram Stoker は小説 *Dracula* の着想をどこから得たのでしょうか。この小説のモデルは、ワラキア (現ルーマニア) の中世の暴君、「串刺し公」ヴラドという人物です。ヴラドは敵を生きたまま串刺しにしてその血を飲んだと言われ、*Draculaea* (悪魔の息子) と呼ばれていました。ある伝説によれば、ヴラドは山中に姿を消し、今もその地をさまよっているということです。

　もしもあなたが今年ルーマニア旅行を予定しているとしたら、考え直してみては……？

第13章について

基本データ	
語数	5498
会話の占める比率	33.2%
CP語彙レベル1, 2 カバー率	80.7%
固有名詞の比率	5.0%

Chapter 13　The Very Secret Diary
——古い日記と「秘密の部屋」

章題　The Very Secret Diary

このタイトルを見れば、さてどんな日記なのだろうかと知りたくなりますね。誰の日記なのか？　なぜそんなにvery secretなのだろう？——さっそく読んで、答えを見つけましょう。

章の展開

　この章ではペースがいよいよ速まり、ここで起こるできごとのほとんどは、物語にとって非常に重要です。章全体にわたって注意をそらさずに、でもとくに以下の点に注意してください。
1. 嘆きのマートルの不満の原因。
2. ハリーが持っていることになったある物。
3. ハーマイオニーがそれをハリーから見せられたときに推測したこと。
4. ロックハート先生が大広間で催したイベント。彼が生徒たちを驚かせようとして準備したこと。
5. ロックハート先生の「助っ人」がハリーに届けたもの。
6. ドラコ・マルフォイとの口論のあとでハリーが気づいた、新しい持ち物の不思議な性質。
7. グリフィンドールの共同寝室でハリーが発見したこと。
8. ハリーが経験した過去への旅。その旅がハリーに教えてくれたこと。

●登場人物　〈♠新登場〉

♠ **T.M.Riddle** (Tom Marvolo)［トム・マーヴォロウ・リドル］ホグワーツの元生徒
♠ **Professor Dippet**［ディペット］ホグワーツの元校長

語彙リスト

医務室で
<英>p.170　l.1　<米>p.227　l.1

furry (covered with fur) (動物の) 毛で覆われた
break (rest) 休み、休憩
leads (clues) 手がかり
dose (allocation) (薬の) 一回分

廊下で
<英>p.171　l.5　<米>p.228　l.20

smarmiest (most ingratiating) 最高にごますりの、はなはだしく人に取り入ろうとする
final straw (the limit of my patience) ▶▶*p.123*
receded (grew gradually softer) 遠のいた、だんだん小さくなった
slam (bang shut) ドアの閉まる音
manning (occupying) (任務や場所に) 就く

嘆きのマートルのトイレで
<英>p.171　l.34　<米>p.229　l.21

extinguished (put out) 消されて
sopping (soaking) びしょぬれになっている
puffed herself up (expanded her chest) (息を吸って) 胸をふくらませた
confiscated (seized) 没収した
limericks (rhymes) ふざけた詩
nondescript (normal) これといって変わったところのない
award for special services to the school 特別功労賞
resentfully (bitterly) 恨みがましく
peeled (separated) はがした
pocketed (placed it in his pocket) ポケットに入れた

グリフィンドール塔で
<英>p.173　l.25　<米>p.232　l.7

de-whiskered (without the cat whiskers) 猫のひげがなくなって
chuck it (throw it away) 捨てる
arrested (fixed) じっと動かない
flaw (defect) 欠陥
Aparecium [アパレシアム] ▶▶*p.124*
Undaunted (not discouraged) ひるむことなく
Revealer [リヴィーラー] 現れゴム ▶▶*p.124*
absurd (ridiculous) ばかげた
headed for... (went to...) ……に向かった

トロフィー・ルームで
<英>p.175　l.5　<米>p.234　l.9

burnished (polished) 磨かれた
tucked away (placed in storage) しまいこまれた
Medal for Magical Merit 魔術優等賞

ホグワーツの状況
<英>p.175　l.14　<米>p.234　l.19

moody (bad-tempered) 不機嫌な
secretive (cryptic) 隠しだてをする
alert (watchful) 警戒して
hibernate (sleep) 冬眠する、眠る
given himself away (revealed his true self) 正体を現した
rotter (objectionable person) いやなやつ
culprit (perpetrator) 犯人
came down hard on them (punished them severely) 厳しく罰する
morale-booster (something to improve morale) 士気を高めるもの、元気を盛りたてるもの

第13章について

大広間で
<英> p.176　l.7　　<米> p.235　l.23

lurid (brightly-coloured) けばけばしい
confetti (small pieces of colourful paper) 紙吹雪
stony-faced (showing no emotions) 石のように無表情な顔の
taken the liberty (assumed responsibility) 勝手ながら……をする
surly-looking (irritable) 不機嫌な顔をした
dwarfs 小人　▶▶*p.124*
cupids (gods of love) 愛の神、キューピッド
roving (wandering) 巡回する
Valentines (=Valentines cards) バレンタイン・カード
colleagues 同僚　＊ここでは、ほかのホグワーツの教師たちのこと。
enter into the spirit of the occasion (join in with the fun) このお祝いの雰囲気を味わう、このお祝いに参加する
whip up (create) 作る
Entrancing Enchantments (spells to achieve physical attraction) 魅惑の呪文
sly old dog 油断のならない男　▶▶*p.123*

呪文学の授業に行く途中
<英> p.177　l.7　　<米> p.237　l.7

barging into (entering without permission) 乱入する
'Arry = Harry
grim-looking (miserable) 険しい顔つきの
shins (lower part of the legs) 向こうずね
paces (steps) (一)歩
twanging (strumming) かき鳴らす
snarled (growled) どなった
hold-up (bottleneck) 渋滞
commotion (disturbance) 騒ぎ

Losing his head (panicking) 取り乱して、動転して
divine (wonderful) すばらしい
evaporate (disappear) 消える
numb (no feeling) 無感覚な、しびれた
disperse (break up) 追い散らす
mirth (enjoyment) 笑い、浮かれ騒ぎ
shooing (chasing) 追い払いながら
stoop (bend over) かがむ
snatch up (pick up) ひったくる
onlookers (spectators) 見物人
spitefully (intending to hurt) 意地悪く、相手を傷つけようとして

グリフィンドールの共同寝室で
<英> p.179　l.6　　<米> p.240　l.1

Oozing (gradually emerging) にじみ出す
come by (get) 手に入れる
forbade (prohibited) 禁じた
freak (unusual) 異常な
engraved (carved) (文字の)刻まれた
minuscule (tiny) 小型の
pitched (thrown) 投げられた

過去への旅
<英> p.180　l.39　　<米> p.242　l.16

wizened (old and wrinkled) しわだらけの
frail-looking (weak) 弱々しい
wisps (tufts) 束
butt in (interrupt) 邪魔する
contraptions (instruments) 装置
orphanage (institution for children without parents) 孤児院
clucked (clicked) (舌を)鳴らした
Precisely (exactly) そのとおり
in the light of... (considering...) ……のことを考えると
furrowed (lined) しわの寄った
roam (wander) 歩きまわる
bade...goodnight (said goodnight) 「おやすみ」を言った

hot pursuit (right behind him) 相手のすぐ後ろに迫る追跡
stock-still (perfectly still) じっとしている、不動の
tiptoeing (creeping silently on tiptoes) 抜き足差し足で歩く
crouching (sitting on his haunches) しゃがみこむ
turn you in... (tell the authorities...) 君を……に突き出す、君のことを……に通報する
rustling (noise that leaves make when disturbed) (布や葉が) 擦れあう音
slaughtered (executed) 始末される
pincers (scissor-like hands) (節足動物の) はさみ
bowled (knocked) 突き転がした
tearing (running) 突進しながら

グリフィンドールの共同寝室に戻る
＜英＞p.184　l.30　　＜米＞p.247　l.25

---

spread-eagled (laying flat with arms and legs extended) 手足を広げてひれ伏して

▶▶ せりふ

final straw

　このふたつの語を聞いただけで（あるいは読んだだけで）、英語圏の人々の頭には、格言の全文が思い浮かぶはずです。その格言とは It is the final straw that breaks the camel's back.（最後に載せた藁がラクダの背骨を折る）、つまり「不満がたまれば、ついにはちょっとしたことでも耐えられなくなる」という意味です。the last straw も同じように使えます。フィルチのこのせりふは、邦訳では「堪忍袋の尾が切れた」となっています。

sly old dog

　これは侮蔑のようにも聞こえる、ひねったお世辞です。フリットウィック先生は Entrancing Enchantment（魅惑の呪文）についてとてもよく知っているのだから、たぶん女性を惹きつけることにたけているのだろう、とロックハート先生は賞賛しているわけです。sly old dog（油断のならない男ですね）はあまりお世辞には聞こえないかもしれませんが、フリットウィック先生を男同士の仲間とみなし、「見かけによらずなかなかやるね」といった調子なのです。でも残念ながら、フリットウィック先生はこのせりふに込められたそんなニュアンスを、喜んではいないようですね。

▶▶ **呪文**

Aparecium ［アパレシアム］

　透明インクで書いた文字を目に見えるようにする呪文です。ラテン語 *appereo*（現れる）に由来しますが、英語の appear（現れる）からも、これがどんな呪文か十分予測できますね。

▶▶ **魔法界の生き物**

dwarfs

　神話や伝説に登場する dwarf（小人）は、大広間に現れた dwarf たちから想像がつくように、魔法の力や職人のような技術を持つ、人間そっくりの姿をした小さな生き物として描かれています。今日、最も有名な dwarf といえば、Walt Disney の映画 *Snow White and the Seven Dwarfs*（『白雪姫と7人の小人』）でしょう。

▶▶ **魔法の道具**

Revealer ［リヴィーラー］

　名前のとおり、Revealer は透明インクで書かれた文字を目に見えるようにする（reveal）道具です。見かけは消しゴムのようでも、これでページをごしごしこすると文字が現れるのです。

What's More 13

バレンタイン・デー

　第13章でハリーは歌うバレンタイン・カードを贈られ、度肝を抜かれていますね。でも、実はこれは昔からの伝統なのです。イギリスにはこのように、依頼人の恋人にメッセージを届けるサービスを提供している会社があります。あなたの雇った人が、あなたの選んだ衣装を着てあなたの恋人を訪ね、あなたのメッセージを歌で伝えるというわけです（このサービスを、誕生日などの特別な機会に利用してもいいですね）。

　バレンタイン・デーの起源については、おもにふたつの説があります。ひとつは、キリスト教の棄教を拒んだため、紀元269年2月14日に処刑された青年ウァレンティヌスに由来するという説。彼は親しくなった看守の娘に別れの手紙を残し、そこには "From Your Valentine" と書かれていたと伝えられています。もうひとつは、クラウディウス帝に逆らったために投獄されたローマの司祭ウァレンティヌスに由来するという説。496年に教皇ゲラシウスが、2月14日を聖ウァレンティヌス (St. Valentine) の祝日に定めたと言われています。

　どちらの説が正しいにしろ、とにかく2月14日は愛の言葉やちょっとしたプレゼントを交わす日となり、St. Valentineは恋人たちの守護聖人となりました。しかし、カードやプレゼントを贈るのは、比較的最近の習慣にすぎません（商品化されたバレンタイン・カードが初登場したのは、1800年代のアメリカでのこと）。イギリスには何百年もの昔から、愛にまつわるさまざまな風習があります。その例を見てみましょう。

- ウェールズでは、ハートや鍵や鍵穴の模様を彫った木のスプーンを、2月14日に贈りました。その心は「ぼくの心を開いて！」
- 中世には、若者と娘たちが、ボウルからくじ引きのようにして布切れを引きました。そこに書かれている名前が、自分の恋人というわけです。そして1週間、その布切れを袖につけておきました。今では wear one's heart on one's sleeve は、「思いをあからさまにする」という意味の慣用句として使われています。
- バレンタイン・デーにコマドリが頭上を飛んでいくのを見かけたら、その女性は船乗りと結婚すると考えられていました。もしも雀だったら、貧しい男性と結婚することになるけれど、とても幸せになれます。もしもゴシキヒワだったら、百万長者と結婚することに……。
- 5、6人の相手の名前を唱えながら、りんごの茎をねじります。りんごの茎が取れたときに唱えていた名前が、あなたの結婚相手です。
- 子どもを何人授かるかを知りたければ、タンポポの綿毛を手にとって、息を吹きかけます。茎に残った綿毛の数が、あなたの子どもの数です。

第14章について

基本データ		
語数		3934
会話の占める比率		36.1%
CP語彙レベル1、2 カバー率		78.7%
固有名詞の比率		7.6%

Chapter 14　Cornelius Fudge
──魔法省大臣、登場！

章題

Cornelius Fudge

Cornelius Fudgeは魔法省の要職にある人物です。この人物の名前が章のタイトルになっているのは、おそらく彼がここで重要な役割を演じるからでしょう。この推測が当たっているかいないか、さあ、読んでみてください。

章の展開

　この章から、重大なできごとが続けざまに起こります。ですから、どの個所からも目が離せません。前章の最後に書かれていたことから、この章で起こることが、ある程度は予測できているかもしれませんが、あらたにいくつかのショッキングな事件が起こり、いったいこの先どうなるのだろうと思わずにはいられなくなることでしょう。この章で注目したいポイントは以下のとおりです。

1. ハリーが前章の最後で知ったことについて、ハリー、ロン、ハーマイオニーの3人で話し合ったこと。
2. 2年生が次年度の選択科目について話題にしている場面。
3. グリフィンドールの共同寝室が誰かに荒らされたこと。そこからなくなっていることにハリーが気づいた物。
4. グリフィンドール塔に向かうハリーが耳にした物音と、それに対するハーマイオニーの反応。
5. クィディッチのグラウンドでマクゴナガル先生が発表したこと。
6. マクゴナガル先生がハリーとロンを連れていった場所。そこでハリーたちが見た光景。
7. ホグワーツで新しく定められた規則。
8. ハリーとロンがある友人を訪ねたこと。ふたりの目の前で展開されたできごと。

●登場人物 〈♠新登場あるいは #ひさびさに登場した人物〉

Cornelius Fudge［コーニーリアス・ファッジ］魔法省の大臣→第1巻5章
Fluffy［フラッフィー］ハグリッドが飼っているケルベロス（*Harry Potter and the Philosopher's Stone* に登場した、頭が3つある犬）→第1巻11章
♠ **Penelope Clearwater**［ペネロピー・クリーアウォーター］ホグワーツの生徒

語彙リスト

ホグワーツの状況
＜英＞p.185　l.1　　＜米＞p.249　l.1

monstrous (monster-like) 怪物のような
raise (bring up) 育てる
christened (named) 名づけた
gone to any lengths (done anything) ……のためならどんなことでもした
cooped up (imprisoned) 閉じこめられて
sick (fed up) うんざりした
circular (roundabout) 堂々めぐりの
tack (route) 方法
knottiest (most difficult) 最も難しい
toadstools (poisonous mushrooms) 毒きのこ
threw (held) 催した、繰り広げた
raucous (noisy) 騒がしい
mature (grown up) 成熟した
pored over (read intensely) 真剣に目を通した
Arithmancy 数占い ▶▶*p.129*
Ancient Runes 古代ルーン文字 ▶▶*p.129*
Divination 占い学 ▶▶*p.129*
Muggle Studies マグル学 ▶▶*p.129*
Care of Magical Creatures 魔法生物飼育学 ▶▶*p.129*
Play to your strengths (choose what you are best at) 自分の得意なものを生かす

グリフィンドールの共同寝室で
＜英＞p.187　l.24　　＜米＞p.252　l.25

strewn (thrown haphazardly) ぶちまけられて
swore (said an expletive) 毒づいた

大広間で
＜英＞p.188　l.23　　＜米＞p.254　l.8

buck up there (cheer up) がんばれ
decent (large) きちんとした、量がたっぷりの

グリフィンドール塔に向かう途中
＜英＞p.188　l.35　　＜米＞p.254　l.20

Quidditch things (Quidditch equipment) クィディッチの用具
alarm (surprise) 驚き
irresolute (undecided) どうしていいかわからないまま
swarming (bustling) 群がる

クィディッチのグラウンドで
＜英＞p.189　l.27　　＜米＞p.255　l.24

tumultuous (uproarious) 嵐のような、騒然とした
huddle (small group) (作戦を相談するために集まる) 小さなグループ
megaphone (portable loud speaker) メガホン
devastated (deeply unhappy) がっくりして、打ちのめされて

detach himself from... (leave...)
……から離れた
grumbling (complaining) 文句を言う

医務室で
<英>p.190　l.23　　<米>p.257　l.4

glassy (glazed) (目が)生気のない

グリフィンドールの談話室で
<英>p.190　l.38　　<米>p.257　l.21

postponed (cancelled until a later date) 延期された
chuck...out (expel) ……を追い出す
scattered まばらな
keen... (eager...) ……に熱心な、……をしたがって
get rid of (forget) 忘れる
Invisibility Cloak (cloak that makes the wearer invisible) 透明マント　▶▶第1巻12章

ハグリッドの小屋に向かう途中
<英>p.192　l.12　　<米>p.259　l.17

stubbed (banged) ぶつけた

only yards (a few meters) ほんの数メートル
crossbow (a weapon that fires bolts) 石弓

ハグリッドの小屋で
<英>p.192　l.33　　<米>p.260　l.10

slab (block) 厚切り
rumpled (untidy) 乱れた
bowler (= bowler hat) 山高帽
clipped (short) (話し方が)口をあまりあけない
imploringly (pleadingly) 懇願するように
stretch (period in prison) 刑務所に監禁される期間
precaution (safeguard) 予防措置
swathed (clothed) ……に包まれて
step aside (resign) 退く
Order of Suspension 停職命令
losing your touch (are no longer capable) 技量が落ちる
appointment (nomination) 任命
Admirable sentiments (impressive words) 賞賛すべき言葉
fiddling (fingering) いじりながら

▶▶ **情報**
Arithmancy / Ancient Runes / Divination / Muggle Studies / Care of Magical Creatures

　以下は、ホグワーツ魔法魔術学校の3年生以上の生徒たちが、選択して学ぶことのできる科目です。これらの科目は、必修科目（魔法薬、薬草学、闇の魔術に対する防衛術など）に加えて履修することになりますが、3年生からは必修科目の授業時間が減るため、全体の時間数は変わりません。選択科目の詳細は以下のとおりです。

● Arithmancy（数占い）
未来を予測するために数を用いる、占いの一種。宿題で、複雑なnumber chart（数占い表）を作らされます。

● Ancient Runes（古代ルーン文字）
Runes（ルーン文字）は、ヨーロッパ北部の部族たちの最初のアルファベットで、ブリテン島、スカンジナビア、アイスランドで、3世紀ごろから約千年間、使われていました。このアルファベットの最初の6文字はf、u、th、a、r、kなので、"futhark" alphabetとも呼ばれます。runeとはゲール語で「秘密」のこと。授業や宿題では、古代ルーン語の翻訳をたっぷり課せられます。

● Divination（占い学）
お茶の葉占い、手相占い、水晶玉占い、占星術など。教室は北塔の最上階の教室で行われます。

● Muggle Studies（マグル学）
この授業では、マグルの日常生活について学びます。マグルたちは魔法を使わずどのようにものごとに対処しているのか（たとえば、どうやって重いものを持ち上げるか、など）について研究します。

● Care of Magical Creatures（魔法生物飼育学）
魔法界のあらゆる生き物を取り上げ、接し方、えさの与え方、手なづけ方などを学びます。

What's More 14

数占い

　Arithmancy（数占い）は、ホグワーツでもそう教えているように、数を用いた古くから伝わる占いです。Arithmancyにはさまざまな方法があり、数をどのように計算するか、その数の持つ意味をどのように定義するかといった点でも、さまざまな流派があります。

　イギリスでよく行われているArithmancyのひとつにNumerology（数秘学）と呼ばれるものがあります。もちろん、Numerologyにもさまざまな方法があるのですが、ここでは最も単純な方法を紹介しましょう。そしてご自分の性格を確かめてみてください。

　まず、紙にあなたの名前をアルファベットで書きましょう。そして、以下の表を参照しながら、ひとつひとつの文字に対応する数字を書いてください。

1	2	3	4	5	6	7	8	9
A	B	C	D	E	F	G	H	I
J	K	L	M	N	O	P	Q	R
S	T	U	V	W	X	Y	Z	

　たとえば、わたしの名前の場合は、次のようになります。

```
3 8 9 9 1 2 6 7 8 5 9   2 5 3 2 6 5
C H R I S T O P H E R   B E L T O N
```

　次に、これらの数を姓と名で分け、それぞれの合計を出します。わたしの名前の場合は以下のとおり。

　　（名）3+8+9+9+1+2+6+7+8+5+9 = 67
　　（姓）2+5+3+2+6+5 = 23

　姓と名の合計のそれぞれの数字をもう一度足し、1から9までの一桁の数か、あるいは11か22になるまでこれを繰り返します（11と22は非常に強力な数で、幸運を招くとされています）。次に、姓の合計と名の合計を足し、最後の数（1〜9または11、22）が出るまで合計を繰り返します。わたしの名前の場合の例をあげると、

　　（名）6+7 = 13、1+3 = 4
　　（姓）2+3 = 5
　　（合計）4+5 = 9

　こうしてわたしの魔法数は9であることがわかりました。以下の表によれば、わたしの性格は博愛主義的、ということになります。

　1：開拓者精神に富んでいる　　7：神秘的
　2：社交的　　　　　　　　　　8：野心的
　3：楽しいことが好き　　　　　9：博愛主義的
　4：勤勉　　　　　　　　　　　11：神秘の師（高い理想を持ち、直観に富む）
　5：自由を好む　　　　　　　　22：建築の師（偉業を成し遂げる）
　6：家庭的

　人の性格はその置かれた境遇や環境によって変わると言われていますから、あなたの住所や電話番号、体重、年齢、ニックネーム、会社名、配偶者の名前、子どもたちの名前などをそれぞれ計算し、すべて加えて最後の数が出るまで合計を繰り返せば、もっと正確にあなたの性格がわかるかもしれませんね。

第15章 について

基本データ	
語数	4605
会話の占める比率	24.6%
CP語彙レベル1、2 カバー率	78.8%
固有名詞の比率	6.3%

Chapter 15　Aragog
── 禁じられた森で、ハリー危機一髪

章題

Aragog

このタイトルは禁じられた森にすむ生き物の名前です。それがどんな生き物かは、解説の*p.135*をご覧ください。でも、実際に物語に登場するまでは、読まずにおくことをおすすめします。

章の展開

　これもまた非常にペースの速い章なので、飛ばし読みをせず、じっくり読む必要があります。ハリーとロンは、読者をみな恐怖で縮みあがらせるような場所に乗りこんでいきます。その結果は、読んでのお楽しみ。この章では次の点に注意して読みましょう。

1. ホグワーツの置かれた状況。新しく定められた校則。
2. ホグワーツの抱える問題に対するドラコ・マルフォイの反応と、彼がスネイプ先生にすすめたこと。
3. アーニー・マクミランの謝罪。
4. 薬草学の授業中にハリーが見た、地面を這って逃げていく生き物。
5. 闇の魔術に対する防衛術の授業でのできごと。
6. ハリーとロンは、何の跡を追って禁じられた森に入っていったか。
7. 森でのできごと。ハリーとロンが、そこにすんでいる生き物と交わした会話。
8. ロンとハリーが直面した問題。森から逃げるためにふたりが用いた手段。
9. グリフィンドール寮に戻ったハリーにひらめいた考え。

●登場人物 〈♠新登場〉

- ♠ **Aragog**［アラゴグ］禁じられた森に住んでいる生き物→*p.135*
- ♠ **Mosag**［モサグ］Aragogの妻

語彙リスト

ホグワーツの状況
<英>p.197 l.1   <米>p.265 l.1

sky and lake alike (both sky and lake) 空も湖も
periwinkle ツルニチニチソウ ＊青紫色の花を咲かせます。
barred (banned) 締め出されて
mullioned (window panes separated by slender vertical bars) 垂直の細い木枠で仕切られた窓ガラスの
hampered (hindered) 妨げられた
pack (group) 集団
fellow students (classmates) クラスメイト
shepherded (escorted) 引率されて
irksome (irritating) いらいらさせる

魔法薬の授業
<英>p.198 l.4   <米>p.266 l.19

gloating (boasting) 満足げにふるまう
filling in (temporary) 一時しのぎ
crocodile fashion (in one long line) 生徒の長い列 ＊人が縦に一列になって歩く様子が、細く長いワニ(crocodile)の動きに似ていることから。
bringing up the rear (at the end) 最後尾について

薬草学の授業
<英>p.199 l.5   <米>p.268 l.4

Abyssinian Shrivelfigs [アビシニアン・シュリヴェルフィグズ] ＊アビシニア産のイチジクに似た果物
stalks (stems) 茎
compost heap 堆肥の山 ▶▶p.135
in the same boat (share the same problems) ▶▶p.134
pudgy (fat) 丸々と太った
twigs (small branches) 小枝
readily (easily) 簡単に、たやすく
pruning shears (scissors for cutting plants) 剪定ばさみ
Forbidden Forest 禁じられた森 ＊ホグワーツの敷地内にあり、さまざまな珍しい生き物がすんでいます。▶▶第1巻15章

闇の魔術に対する防衛術の授業に向かう途中
<英>p.199 l.36   <米>p.269 l.11

lagged (remained at a distance) 遅れて歩いた

闇の魔術に対する防衛術の授業
<英>p.200 l.1   <米>p.269 l.17

centaurs ケンタウルス ＊半身が人間で半身が馬の、神話上の生き物。▶▶第1巻15章
unicorns ユニコーン ＊額に角を一本生えた、馬に似た神話上の生き物。▶▶第1巻5章
buoyant (uplifted) 陽気な、朗らかな
flatter (compliment) ほめちぎる ＊flatter oneselfで「得意がる、自慢する」。
touch more (little more) ほんの少し
yearned (longed) ……したいと思った
stiffen (strengthen) 固める、強める
resolve (confidence) 決心

禁じられた森へ
<英>p.201 l.17   <米>p.271 l.13

tailed away (gradually became silent) だんだん静かになった
sycamore tree スズカケノキ
Lumos [ルーモス] ▶▶p.134
solitary (unaccompanied) 他とはぐれた
resigned to the worst (accepting the worst scenario) 最悪の筋書きを覚悟した

禁じられた森の中
<英>p.202　l.10　　<米>p.272　l.15

trickle (thin line) 細い列
rustling (noise that leaves make when disturbed) (葉が) こすれあって音をたてる
sphere (range) 範囲
vividly (clearly) はっきりと
cell (prison room) 独房
darting (swiftly moving) すばやく動く
snagging (catching) ひっかかる
brambles (plants with thorns) いばら、棘のある植物
jump out of their skins (jump in surprise) ▶▶p.134
pounce (jump out) 飛びかかる
lodged (caught) ひっかかって
yelped (barked) ほえた
dense (thick) うっそうとした
ablaze (illuminated) 輝いて
smeared (covered with) (泥や汚れに) 覆われて
trundling (moving) 動く
floodlit (brightly lit) 明るく照らされた
livid (red) 赤らんだ
very heart (centre) 奥、中央
Craning (stretching) 伸ばしながら
hollow (valley) 窪地、谷
clapped eyes upon (seen) 見た

森の空き地で
<英>p.204　l.32　　<米>p.276　l.3

surging (moving in a wave) (波のように) 押し寄せる
carthorses (large horses used for pulling carts) 馬車馬
misty domed web (an opaque spider's web resembling the shape of a dome) ドームのような形をした不透明のクモの巣
fretfully (anxiously) 怒って、いらだって
concern (worry) 気遣い、心配
scraps (leftovers) 食事の残り物
summoned (called up) 呼び集めた、しぼり出した
instinct (natural behavior) 本能
harmed (hurt) 害を与えた
fiercely (angrily) 激しく、怒って
into our midst (among us) わたしたちのまっただ中に
thundering (racing) 音をたてて疾走する
glaring (shining brightly) 輝く
undergrowth (plants that cover the floor of a forest) 下草

ホグワーツ城に戻る途中
<英>p.207　l.34　　<米>p.280　l.11

limbs (arms and legs) 手足
Evidently (apparently) 明らかに
ajar (open) 開いて

グリフィンドールの共同寝室で
<英>p.208　l.24　　<米>p.281　l.17

hit dead ends (had no success) 八方ふさがりになった
got off (escaped without punishment) (罰を受けることなしに) 逃げ去った

▶▶ **地の文**

jump out of their skins

> このフレーズは、ひどく驚いたりショックを受けたりしときの状態を表現したものです。あまりにびっくりして飛び上がり、自分の皮膚から飛び出してしまうなんて、なかなか鮮やかなイメージですね。自分のからだや皮膚から離れるという概念は、英語の表現としてよく用いられます。たとえば蒸し暑い日には、誰かが "I want to take my flesh off and sit in my bones."（ぜい肉を脱ぎ捨てて、骨の中に閉じこもりたい）と言うのを、耳にすることがあるかもしれませんよ。

▶▶ **せりふ**

in the same boat

> 誰かと in the same boat（同じ船に乗っている）とは、「同じ境遇に立つ、運命を共にする」という意味です。このフレーズは、誰かと一緒に乗っていた小さな船が難破するという概念から来ています。たとえお互いの社会的地位などは違っていても、そのたどる運命は一緒、というわけです。

▶▶ **呪文**

Lumos ［ルーモス］

> 魔法の杖の先に明かりを灯す呪文です。この呪文は、英語の luminosity（光度、明るさ）や luminous（明るい、輝く）などの語を思い起こさせるラテン語 *lumen*（光）から。また、明かりを消す呪文 *Nox* は、ラテン語 *nox*（夜、闇）に由来します。

▶▶ **魔法界の生き物**

Aragog ［アラゴグ］

　Aragogは禁じられた森にすむ巨大なクモ。この名前の最初の3文字は、クモ類の学名であるarachnidと同じです。どちらの語も、神話に登場するArachne（アラクネ）に由来しています。糸紡ぎと機織りに長けていたArachneは、ローマ神話の工芸の女神Minerva（ミネルヴァ）と機織りの競争をし、彼女を打ち負かしました。負けたことに腹を立てたMinervaはArachneをクモの姿に変え、一生、クモの巣を織りつづける運命に定めました。

　Aragogの最後の3文字gogは、その異常な大きさを印象づけるため、イギリスで最も有名なふたりの巨人、Gog（ゴグ）とMagog（マゴグ）から取られています。

　Aragogとその仲間たちは、acromantula（第5巻16章参照）と呼ばれる種類のクモです。これは読者にその特徴を印象づけるためのJ.K.Rowlingの造語です。acromantulaという語自体は歴史や神話に登場しませんが、acro- はAragogの名前と同様arachnidから、-mantulaはtarantula（タランチュラ、毒グモ）から取られています。J.K.Rowlingはこうして、非常に危険な巨大なクモのイメージを、読者に印象づけているわけですね。

▶▶ **情報**

compost heap

　compost heapとは有機物のゴミの山。やがて分解されて、庭や植木鉢の植物の肥料となります。イギリスの庭にはたいていcompost heapがあり、台所のゴミ、抜いた草、刈り取った芝、枯れ葉などをここに捨てます。

What's More 15

クモ

　第15章に登場するクモは、わたしたちがクモに対して抱いている印象に、多かれ少なかれ当てはまります。人々は昔から、一般的にはおとなしいこの生き物を恐れ、嫌悪してきました。文学もまた、クモを恐ろしく忌まわしい生き物として描いてきました。
　ところが、今までとは違った目でクモを見ずにはいられなくなるような、すばらしいクリスマス物語があるのです。毎年クリスマス・ツリーにはなぜ、金や銀の糸を飾るのか、両親がそれを子どもたちに説明するときに、よくこの「クリスマスのクモの物語」を話して聞かせます。

　　　　　　　　　＊　　　　　　　　　＊

　昔むかし、あるおかあさんが、1年でいちばんすばらしい日、クリスマスを迎えるために、せっせと家の掃除をしていました。おかあさんはどんな小さな埃も見逃しません。心地よい天井の隅にいた小さなクモたちもそこから追い払われ、誰も使っていない屋根裏部屋の隅へと逃げていきました。
　ついにクリスマス・イブがやって来ました。ツリーが飾られ、子どもたちは大喜びです。でも、クモたちは悔しくてたまりません。ツリーを見ることができないし、クリスマスの楽しさを味わうことができないのですから。そこでクモの長老が提案しました。夜、人間たちが寝静まるのを待って、戸のすきまから忍びこみ、ツリーを見にいってはどうだろうか、と。小さなクモたちはこっそりと屋根裏部屋の隅から下り、床を横切って戸口のすきまに隠れ、時が来るのをじっと待ちました。
　まもなくあたりは静まり、クモたちはそっと部屋に忍びこみました。ところが、ツリーがあまりに高いので、てっぺんの飾りが見えません。クモたちの目はとても小さいので、一度にひとつしか飾りが見えないのです。そこでクモたちは幹をよじのぼり、きらめく美しさにうっとりしながら、枝の上をはいまわりました。クリスマス・ツリーって本当にすてきだな、とクモたちは思いました。そして、枝から枝へと渡りながら踊りまわると、その通った跡には灰色のクモの巣ができました。やがてツリーは、くすんだ灰色のクモの巣ですっかり覆われてしまいました。
　サンタは、クモたちがツリーに大喜びしているようすを見て、にっこりしました。でも、灰色の糸に覆われた、まるで埃だらけのようなツリーを見たら、おかあさんがどんなにがっかりするだろう、とも思いました。サンタが手をのばすと、その瞬間、太陽の光が窓から射しこみ、ツリーを照らしました。するとクモの巣は光を浴びて、金に銀に輝きはじめました。ツリーがこれほど美しく輝いたことはありません。
　それ以来、人々はツリーに金銀の糸や箔でできた飾りを飾るようになったということです。

第16章 について

基本データ		
語数		5660
会話の占める比率		37.9%
CP語彙レベル1、2 カバー率		81.7%
固有名詞の比率		5.0%

Chapter 16　The Chamber of Secrets
——いざ、「秘密の部屋」へ

章題　The Chamber of Secrets

わたしたちはついに、本と同じタイトルのついた章にたどり着きました。この章でChamber of Secretsのことがわかるのでしょうか。さあ、読んでみましょう。

章の展開

　タイトルが示すように、本章はこの巻の中で最も重要な章のひとつです。まずハリーやその友人たちは悪い知らせを聞かされますが、やがていい知らせも耳にします。ところが残念なことにその後まもなく、これまでとは別の悪い知らせが入ります。また、わたしたちは、ホグワーツのある人物が、見かけとまるでちがっているのを発見することになります。ここでは次のことに注意して読んでみましょう。

1. 変身術の授業中にマクゴナガル先生が発表したこと。
2. 大広間でマクゴナガル先生が発表したこと。
3. ジニー・ウィーズリーがハリーとロンに何かを話そうとしたこと。そこへやって来たパーシー。
4. 魔法史の授業に向かう途中のできごと。
5. ハリーとロン、マクゴナガル先生と出くわす。
6. 医務室でハリーとロンが見つけだした情報。その情報からふたりが導きだした結論。
7. 学校中に告げられた知らせ。ハリーとロンが職員室で耳にした会話。
8. ハリーとロン、ロックハート先生の研究室を訪ねる。
9. 嘆きのマートルのトイレでのできごと。
10. ハリー、ロンともうひとりの人物が乗り出した冒険。

●登場人物　〈♠新登場〉

♠ **Olive Hornby**［オリーヴ・ホーンビー］ホグワーツの元生徒

語彙リスト

大広間で
<英> p.210 l.1　　<米> p.283 l.1

moreover (furthermore) そのうえ

変身術の授業
<英> p.210 l.8　　<米> p.283 l.8

drove (pushed) 押しやった
revising (studying past work) 復習する
mutinous (rebellious) 反抗する

大広間で
<英> p.211 l.7　　<米> p.284 l.23

hubbub (commotion) 騒ぎ
subsided (calmed down) 治まった
Spit it out (say it) 吐き出せ、言え
teetering on the edge... (very close to...) もう少しで……しそうになる
wan (pale) 青白い
starving (very hungry) 空腹の
fleeting (swift) すばやい
scarpered (ran) 急いで立ち去った
keep her word (keep her promise) 約束を守る
rolls (= bread rolls) ロールパン

魔法史の授業に向かう途中
<英> p.213 l.1　　<米> p.287 l.10

pass up (ignore) チャンスを逃す、無視する
straight away (immediately) たちまち
sleek (well groomed) 手入れの行き届いた
Mark my words (believe what I say) わたしの言うことを覚えておきなさい
astounded (amazed) 驚いて
catching on... (understanding [Harry's plan]) ……の意味を理解して

＊この場合、ハリーの計画を理解して、という意味。
beady eye (watchful eye) (何も見落とさない) 輝く目

医務室で
<英> p.214 l.20　　<米> p.289 l.9

faintest inkling (slightest idea) かすかな考え
scrunched (screwed up) くしゃくしゃに握られて
fearsome (dangerous) 恐ろしい
Basilisk バジリスク ▶▶**p.140**
Serpents (snakes) ヘビ
plumbing (water pipes) 配管、パイプ
coursing (rushing) 走る

職員室で
<英> p.216 l.28　　<米> p.292 l.14

filtering (slowly arriving) ゆっくりと来る
downright (completely) すっかり
skeleton (bones) 骸骨
dozed off (fell asleep) ウトウトする
chipped in (added) 口をはさんだ
crack (attempt) 試み
bungled (badly handled) 手際が悪くて
free rein (freedom to sort out the problem) 行動の自由
tackle (confront) 取り組む
remotely (slightest bit) 少しも……ない
weak-chinned (without courage) 臆病な、弱腰の
weedy (weak) 弱々しい

グリフィンドールの談話室で
<英> p.218 l.26　　<米> p.295 l.7

skyline (horizon) 地平線

ロックハート先生の研究室で
＜英＞p.219　l.20　　＜米＞p.296　l.9

mite (small amount) ほんの少し
stripped (all personal belongings removed) 持ち物が片づけられて
jerkily (with emotion) 発作的に、感情的に
delicately (diplomatically) そつなく
common sense (natural intelligence) 常識
hare lip (split lip (natural deformity))
slog (work) 骨の折れる仕事
blabbing (revealing) 秘密をうっかりしゃべる

嘆きのマートルのトイレで
＜英＞p.221　l.17　　＜米＞p.299　l.1

determined (intent on) 決心した

haunt (frighten after death) 取り憑く
taps (faucets) 蛇口

秘密の部屋の入り口
＜英＞p.222　l.25　　＜米＞p.300　l.22

the sink, in fact, sank ▶▶*p.140*
slimy (slippery) ぬるぬる滑る
shed (moult) 脱皮した
mangled (mutilated) ずたずたに裂かれた
Obliviate [オブリヴィエイト] ▶▶*p.140*
great chunks (large pieces) 大きな塊
pregnant pause (meaningful silence) 何かを内に秘めた沈黙
inject (infuse) 注ぎこむ
entwined (twisted around each other) からみあった

▶▶ **地の文**
the sink, in fact, sank

> これはJ.K.Rowlingのユーモア感覚を刺激したジョークにちがいありません。このsinkは「洗面台、手洗い台」を意味する名詞ではありますが、sankは動詞sink（沈む）の過去形です。J.K.Rowlingはきっと、言葉遊びのチャンスを利用したくてたまらなくなってしまったのでしょう。the sink sank「手洗い台は沈んだ」に、in factとつけ加えることによって、「たしかに名詞と動詞の違いはあるけれど」という弁解のニュアンスを漂わせつつ、ふざけてみたのです。

▶▶ **呪文**
Obliviate [オブリビエイト]

> この呪文は、人からある記憶を消し去り、そんな事実があったことさえ忘れさせてしまいます。*obliviate*という語は、英語のoblivion（忘却）のもととなったラテン語*oblivio*に由来します。

▶▶ **魔法界の生き物**
Basilisk [バジリスク]

> basiliskについては、ハリーがハーマイオニーの手から取り出した紙切れに多くのことが書かれていますが、その他にも注目すべき点がいくつかあります。basiliskはJ.K.Rowlingの想像の産物ではありません。cockatrice（鶏蛇）とも呼ばれるbasiliskは、古くから伝説の中に登場してきました。
>
> 昔の人々の描いた絵を見ると、細長い、蛇のような体に描かれていますが、basiliskはただの巨大な蛇ではありません。鶏と蛇（またはヒキガエル）を掛けあわせた子孫であると言われています。
>
> 伝説では、魔法の生き物の中で最も恐ろしい怪物として描かれています。

What's More 16

忘却術

　ハリー・ポッターの世界で使われているMemory Charm（忘却術、記憶を操作する呪文）をマグルの世界に置き換えると、さしずめhypnosis（催眠術）といったところでしょうか。実際、催眠術は1775年以前には魔術の一種と見なされており、それを用いた人は迫害を受けていました。

　hypnosisという語ができたのは19世紀に入ってからですが、人々を催眠状態に誘いこむ術は、5千年も昔から存在しました。手の動きによって人を催眠状態に陥らせた最初の記録は、紀元前2600年の中国にさかのぼります。また、紀元前1500年に書かれたヒンドゥー教の聖典の中には、儀式のために催眠状態を生じさせる方法が記されています。

　しかしヨーロッパでは、1775年にオーストリアの医師フランツ・アントン・メスマー（英語のmesmerize「催眠術をかける」は彼の名Mesmerに由来します）が「動物磁気」の実験を始めるまで、催眠術は違法とされていました。彼は、人間の病気は体内の磁気の流れが滞るために起こると考え、「動物磁気」を帯びた鉄の棒を催眠状態にある患者の患部にあてることによって、病気を治療することができると考えました。

　1837年にはインドで、スコットランド人の外科医が手術の痛みを和らげるため、患者に催眠術を用いたと伝えられ、イギリスで人々の関心を呼びました。しかし、当時は麻酔として化学薬品が使われはじめた時代でもあり、医師たちのほとんどは、催眠術に目もくれませんでした。その4年後、マンチェスターに住む医師James Braidは、催眠術に興味を抱かざるをえない症例に直面しました。待合室でランプを見つめていた患者が、催眠術にかかったような状態で診療室に入ってきて、何か簡単な命令をすると、そのとおりに従ったのです。このことからBraid医師は、ひとつのものに意識を集中させると、人はいとも簡単に催眠状態に陥ることを知りました。患者の目の前で懐中時計などを振り子のように揺らす方法を考えだしたのは、他ならぬこのBraid医師です。また、彼はhypnosisという語を初めて使った人物でもあります。

　1887年、エミール・クーエは、心理学における催眠術の利用法を考案しました。彼は自己暗示が人の自尊心をはぐくむと考え、患者の自己信頼を強化するために催眠術を用いました。

　催眠療法が飛躍的な発展をとげたのは、1935年、アメリカ人医師Milton Ericksonが催眠術を大々的に患者の治療に用いるようになったときのことです。これ以後、人々の催眠術に対する関心は高まり、ついに1950年代には、催眠術が精神障害の治療に有効であることが医学界で認められました。

　最後に、ぜひ書いておきたいことがひとつ。マグルは人に何かを思い出させるためにMemory Charmを使いますが、魔法界では人に何かを忘れさせるために使っているようですね……！

第17章 について

基本データ		
語数		5385
会話の占める比率		42.2%
CP語彙レベル1、2 カバー率		72.2%
固有名詞の比率		5.5%

Chapter 17　The Heir of Slytherin
──対決

The Heir of Slytherin

章題　ここまで注意深く読んできた方には、Heir of Slytherin（スリザリンの後継者）が何を意味するか、今さら説明するまでもないでしょう。この章でついに「後継者」本人に会うことになる、と言うだけで十分にちがいありません。

章の展開

　いよいよクライマックスです。これまで張りめぐらされてきた伏線が一気に結末に向かい、息をつくひまもないはずです。この章の重要なポイントは以下のとおり。

1. ハリーが入りこんだ場所の描写。
2. ハリーが巨大な石像の足のあいだで見つけたもの。
3. 秘密の部屋の中に現れた人物。
4. ハリーが以前に持っていたある物について、その人物が明かしたこと。また、その持ち物と行方不明になった女の子との関係。
5. その人物が自分の正体について明かしたこと。
6. ダンブルドア先生の使者。
7. 部屋の主の登場と、それに続く闘い。
8. ダンブルドア先生の使者が果たした役割。
9. ハリーは折れた牙をどのように用いたか。
10. ホグワーツ城に戻った人々。

語彙リスト

秘密の部屋の中
＜英＞p.226　l.1　＜米＞p.306　l.1

pillars (columns) 柱
chill (cold) 凍るような
serpentine (shaped like snakes) ヘビのような形の
stir (move) 動き
lolled (moved limply) だらりと垂れた
weird (strange) 薄気味悪い
pressing (important) 緊急の、差し迫った
idly (lazily) 所在なく
sagging (giving way) がくりと落ちこむ
woes (problems) 悩みごと
poured out (revealed) 打ち明けた
recited (repeated) 読みあげた
dispose of (throw away) 捨てる
coursing (rushing) 走る
roved (wandered) さまよった
oaf (fool) ばか、のろま
preserving (perpetuating) 保存して
brat (unpleasant child) ちび、ガキ
buzzing (intrigued) 大騒ぎする
TOM MARVOLO RIDDLE [トム・マーヴォロウ・リドル] ▶▶*p.144*
intimate (close) 親しい
fashioned (created) 作った

味方の到着
＜英＞p.232　l.16　＜米＞p.315　l.7

eerie (mysterious) 妖しい
spine-tingling (scary enough to send shivers down the spine) 背筋をぞくぞくさせる
unearthly (not of this world) この世のものとは思われない
scalp (head) 頭皮
vibrating 震える
piping (singing) 歌いながら
vaulted (arched) アーチ状になった
talons (claws) (鳥の) 爪
defender (protector) 後援者、味方
mounting (increasing) 湧き上がってくる
dwindling out (gradually leaving) 徐々に出ていく
wreck (severely damaged) 使い物にならない残骸
contorted (changed into a scowl) ゆがんだ
likenesses (similarities) 類似点
Horror-struck (deeply frightened) 恐怖にうちのめされて

秘密の部屋にすむ生き物
＜英＞p.234　l.13　＜米＞p.318　l.5

ponderously (slowly but steadily) ゆっくりと、だが確実に
weaving (swaying) のたくる
drunkenly (unsteadily as if drunk) 酒に酔ったように
distracted (claimed the attention of) 気を散らした
snapping (trying to bite) 咬みつこうとする
sabres (swords) サーベル
thrashed (whipped from side to side) のたうった
punctured (holed) 穴をあけられて
streaming (pouring) 流れ出す
agony (severe pain) 苦悶
scaly (rough) 鱗がはがれたようになった、表面の粗い
ruined (destroyed) 潰れた
rammed (pulled it forcefully) 力強く引っ張った
contracted (became smaller) 縮んだ
knocking him out (rendering him unconscious) 意識を失わせる
lunged (attacked) 攻撃した
dodged (evaded) 身をかわした、避けた
hilt (handle) (剣の) 柄 [つか]
searing (burning) 焼けつくような

splintered (broke off)（破片となって）割れた
keeled over (fell over) 倒れた
foggy (blurred) ぼやけた
dissolving (melting) 溶ける
pierced (penetrated) 刺し貫いた
forsaken (forgotten) 見捨てられて
defeated (beaten) うち負かされて、敗北して
unwisely (stupidly) 愚かにも
healing (curing) 癒す
spurted (ejected) 噴出した、ほとばしった
torrents (rivers) 激しい流れ
sizzling (burning) 焼けつくような
bemused (confused) 困惑した

ホグワーツ城に戻る途中
＜英＞p.238　l.11　＜米＞p.323　l.22

sizeable (comparatively large) かなり大きな

humming (singing) 鼻歌をうたいながら
placidly (peacefully) のどかに
good-naturedly (friendlily) 人がよさそうに、愛想よく
perplexed (confused) 当惑して
whoosh (noise of something moving swiftly through the air) 何かが宙を切るように飛ぶ物音

嘆きのマートルのトイレで
＜英＞p.239　l.33　＜米＞p.325　l.21

flecks (spots) 斑点
blushing (going red with embarrassment)（当惑で）ほおを赤らめながら　＊こんなとき、ふつうはほおが赤くなるものですが、幽霊である「嘆きのマートル」の場合は、silverになってしまうのですね。
got fond of... (likes...) ……が好き、……に熱を上げて

▶▶ 名前

TOM MARVOLO RIDDLE［トム・マーヴォロ・リドル］

　Tom Marvolo Riddleは驚くべきアナグラム（文字を並べ換えて別の語にすること）であり、J.K.Rowling自身、予想以上の出来に驚いたにちがいありません。この名前に使われた文字を並べ換えるとI am Lord Voldemort（わたしはヴォルデモート卿だ）となるだけでなく、その中にriddle（謎）という語を含んでいることから、そこに何か秘密が隠されていることが明らかです。

What's More 17

アナグラム

　第17章では、J.K.Rowlingの才能に思わず脱帽してしまいそうな、見事なanagramが用いられています。anagramとは、ある単語やフレーズに用いられている文字を並べ換えて作った別の単語やフレーズのこと。イギリス人はこうした言葉遊びが大好きです。例として、わたしの名前の短縮版Chris Beltonを並べ換えてanagramを作ってみましょう。それこそいくらでもできるのですが、そのうちのふたつをあげてみると、Noble Christ（気高いキリスト）、Lobster Chin（ロブスターのあご）、といった具合です（うーん、最初のanagramのほうがいい……）。

　有名人の名前のanagramをいくつかあげてみましょう。

- Nurse Florence Nightingale → Heroine curing fallen gents（倒れた紳士たちを治療するヒロイン）
- Emperor Octavian（オクタヴィアヌス帝）→ Captain over Rome（ローマの大将）
- Clint Eastwood → Old West action（なつかしの西部アクション）
- William Shakespeare → I'll make a wise phrase（知恵ある言葉ならおまかせ）
- Leonardo da Vinci → Did color in a nave（教会堂に色を塗った）
- Margaret Thatcher → That great charmer（あの偉大な魔性の女）
- Alec Guinness → Genuine class（純粋のクラス）

　もちろん、anagramはふつうの単語やフレーズからも作れます。

- Mother-in-law（義理の母）→ Woman Hitler（女ヒットラー）
- School master（教師）→ The classroom（教室）
- Eleven plus two（11たす2）→ Twelve plus one（12たす1）
- Dormitory（共同寝室）→ Dirty room（汚い部屋）
- A decimal point（小数点）→ I'm a dot in place（わたしはそこの点みたいなもの）
- The eyes（目）→ They see（彼らは見る）
- Conversation（会話）→ Voices rant on（わめきちらす声）

　ここまでやったら、「ハリー・ポッター」シリーズの登場人物のanagramなしに終えるわけにはいきませんよね。ここには3つしかあげませんが、またいつか続きをやってみたいものです。

- Harry Potter → Try hero part（ヒーローの役をやってごらん）
- Hermione Granger → Enraging her more（彼女をもっと怒らせる）
- Dumbledore → Robe muddle（メチャクチャのローブ）

第18章 について

基本データ	
語数	3706
会話の占める比率	46.5%
CP語彙レベル1、2 カバー率	77.0%
固有名詞の比率	7.8%

Chapter 18　Dobby's Reward
―― マルフォイのソックス

章題

Dobby's Reward
わたしたちはついに最後の章にたどりつきました。このタイトルは、すでにわたしたちにとってお馴染みの、あの愛すべき屋敷しもべ妖精に、ハリーが与えた贈り物のことを指しています。さて、それはどんな贈り物なのでしょうか。

章の展開

この章では、これまでのすべてが結びつきます。また、思いがけないうれしいできごとが、ひとつかふたつ起こります。もちろん、このすばらしい本がもう終わってしまうと思うと、少し残念な気もするかもしれませんが、がっかりすることはありません。続く第3巻が、あなたに読まれるのを待っています。この章では、次のことに注目してみましょう。

1. マクゴナガル先生の研究室でハリーたちを待っていた人たち。
2. ダンブルドア先生がジニーに対して示した理解。
3. ダンブルドア先生がハリーとロンに与えた「罰」。
4. ロックハート先生の連れていかれた場所。
5. ハリーがずっと気にかけていたことについて、ダンブルドア先生と交わした会話。
6. ドビーとその主人の登場。それに続いて交わされた会話。
7. 廊下でのできごと。
8. ホグワーツ特急の中でのジニーの告白。
9. ハリーがロンとハーマイオニーに手渡した紙切れ。

語彙リスト

マクゴナガル先生の研究室で
＜英＞p.241　l.1　　＜米＞p.327　l.1

muck (dirt) 泥
steadying gasps (deep breaths to calm herself) 気持ちを落ち着かせるための深呼吸
embrace (hug) 抱擁
ruby-encrusted (covered in rubies) ルビーの散りばめられた
prompted (urged) 促した
stunned (shocked) 衝撃を受けた、驚いた
bewildered (confused) 混乱して
consorted (associated) 協力した
underwent (carried out) 経験した
resurfaced (reappeared) ふたたび現れた
flabbergasted (astounded) 仰天して
ordeal (experience) 試練
hoodwinked (fooled) たぶらかされて
merits... (deserves...) ……に値する
alert (inform) 知らせる
eat our words ▶▶p.148
apiece (each) ひとりにつき
mightily (very) 非常に
modest (humble) 控えめな、謙虚な
hopeless (useless) 役立たずの
Impaled (stabbed) 刺し貫かれて
unaccountably (inexplicably) 説明できないほど
thunderstruck (astounded) 驚いて
prized (valued) 高く評価した
hand-picked (carefully selected) 選び抜いた、厳選した
rare (uncommon) まれに見る
resourcefulness (initiative) 才覚があること
determination ゆらぐことのない決意
disregard (lack of respect) 軽視すること
abilities (capabilities) 能力
engraved (carved) 刻まれて
draft (write) 書く
run through them (use up the available supply) 使い果たす
hem (edge) 裾
abject 惨めな
saw fit (decided) 決めた
serenely (calmly) 静かに
slits (thin lines) 細いすきま
meaningfully (significantly) 意味ありげに
prominent (well-known) 有名な
consequences (outcome) 結果
distinctly (clearly) はっきりと
longing... (tempted...) ……したくてたまらない

廊下で
＜英＞p.248　l.8　　＜米＞p.337　l.17

sticky end (unpleasant death) 不幸な結末
meddlesome (interfering) おせっかいな
priceless (of unimaginable value) 貴重な
wonderment (awe) 驚き
incensed (furious) 激怒した
orb-like (spherical) 球のような

大広間で
＜英＞p.249　l.24　　＜米＞p.339　l.19

wring his hand (shake hands with him) 握手をする
running (consecutively) 結果として
he was starting to grow on me (I was beginning to like him) 彼が好きになってきたところだった

ホグワーツの状況
＜英＞p.250　l.3　　＜米＞p.340　l.10

haze (blur) 陽炎

disgruntled (unhappy) 不満を抱いている
On the contrary (quite the opposite) 一方、反対に

ホグワーツ特急に乗って
＜英＞*p.*250　*l.*12　　＜米＞*p.*340　*l.*18

compartment (carriage) コンパートメント

▶▶ **せりふ**

eat our words

> このフレーズは、前に言ったことを後悔してそれを取り消す、つまり「前言撤回する」という意味です。これはよく使われる表現で、とくに、自分を正しく評価してくれない相手に対して、前言撤回させてやる！　というようなときに使われます。たとえば、もしも誰かが「君は志望校に入れっこない」と言ったなら、あなたは実際に志望校に入ってみせ、相手に eat their words させることができるわけです。

What's More 18

おわりに

　ついに Harry Potter and the Chamber of Secrets の最後にたどり着きましたね。目標を達成した満足感でいっぱいであると同時に、もう終わってしまったのがちょっと残念でもあることでしょう。また、思っていたより簡単に読めてしまったことにも、驚いておられるのではありませんか。とくに、Harry Potter and the Philosopher's Stone もすでに読まれたのだとすれば、それも当然です。出てくる語のほとんどが、すでにお馴染みのはずなのですから。

　とはいえ、母国語以外の言葉で本をまるまる1冊読むことはたいへんな快挙で、自分に「おめでとう」と言ってもいいほどです。一般に、日本の学校で行われている英語教育は、試験に合格することを第一の目標にしており、文法の規則を無視したような会話が出てくる本を読むのには適していません。文法を学ぶのに多くの時間を費やしたにもかかわらず、実際の会話は省略が多く、規則に従っていない場合がなんと多いことか。Chamber of Secrets を読み通したあなたには、他の誰よりもそれがよくおわかりでしょう。

　日本でも東京人と大阪人、あるいは若者と年配者の話す言葉が違うように、英語もそれを話す人の生まれや年齢、育った環境によって違ってきます。ですから、誰もが同じように話すと考えることは、英語の上達の妨げになります。言葉は日々変化する生き物です。ロンドンのパブにちょっと出かけてみるだけでも、すぐにそれがわかるでしょう。ダンブルドア先生のような柔らかな話し方の人が左に、ハグリッドのような丸みを帯びた母音で話す人が右に、マクゴナガル先生のようなややスコットランドなまりの人が後ろに……といった具合です。

　もしも英語力をつけるのが目的で、「ハリー・ポッター」シリーズを原語で読んでおられるのだとしたら、これほど真の英語の味わいを伝えてくれるものは他にありません。登場人物たちの話す英語の違いがわかるようになり、慣用句になじみ、語彙を増やし、文法的に分析するのではなく文を「感じる」ことができるようになれば、目に見えて英語が上達するはずです。

　けれども、言葉の学習はスポーツの習得とよく似ています。高いレベルを保ちつづけるには、絶え間ない訓練が必要なのです。そこでひき続き、第3巻 Harry Potter and the Prisoner of Azkaban を読むこと——これ以上、いい訓練が他にあるでしょうか。

　では、またお目にかかれることを期待しつつ……

ハグリッドのなまり

　Rebeus Hagridはおもな登場人物のひとりで、本の中にたびたび登場します。ですから、物語のおもしろさをとらえ、それを最大限に味わうためには、なまりを含んだHagridのせりふを理解することがぜひとも必要です。

　Hagridのなまりは、イングランド南西部、すなわちSomerset、Cornwall、Devon、Gloucestershireやその周辺のなまりに由来します。イングランド南西部のなまりは、丸みのある母音が特徴で、アメリカの母音の発音にそっくりです。Founding Fathers of Americaとも呼ばれる清教徒たちがメイフラワー号で旅立ったのは、Devon州のPlymouth港。ヨーロッパ人で初めて北米大陸に渡った彼らのイングランド南西部のなまりと、アイルランドのなまりとが混じりあって、アメリカ英語の母音になったとも言われています。Hagridがyで始まる語を話すとき、その丸母音が最も顕著にあらわれます。たとえば、youはyeh、yourはyerのように聞こえます。

　なまりを理解する助けとなるように、辞書にない単語のリストをこの章の最後に載せましたが、読み進むうちに、Hagridのせりふには一定のパターンがあることに気づかれるでしょう。このパターンは一貫しているので、一語一語確かめるよりも、その話し方の規則を憶えてしまったほうが簡単かもしれません。以下に、その規則を記します。（　）内が標準の英語です。

① 語の末尾にくるt、d、gを発音しない
- bu'（but）
- an'（and）
- gettin'（getting）

② ふたつかそれ以上の単語をつなげ、ひとつの単語であるかのように発音する。
- mighta（might have）
- gotta（got to）
- someone'll（someone will）

③ ときどき代名詞や助動詞を省略する。
・Bin wonderin' when you'd come ter see me... ［Chap.7］
（I have been wondering when you would come to see me...）

④ **didn't**の代わりに**never**を使い、次にくる動詞を過去形にする。
・It never killed no one ［Chap.13］
（It didn't kill anyone）

　以下はイングランド南西部のなまりとは関係ありませんが、Hagridの性格をよく表しています。

⑤ **ruddy**
　Hagridは言葉を強調したいときに、よくruddyという語を使います。ruddyはbloodyのあらたまった形。bloodyは罵倒語なので、子どもの本で使うわけにはいかないのです。英語ではこうした語が非常によく用いられるのですが、他の言語に必ずしもうまく置き換えられるとは限りません。その目的は、単に次に来る語を強めること。言葉による感嘆符（！）のようなものです。以下に例をあげておきます。
・Ruddy Muggles ［Chap.4］
・I should ruddy well think not ［Chap.4］

　Hagridの英語は理解しにくいけれども、「ハリー・ポッター」シリーズの中での彼の役柄をとてもよく表しています。心の温かい田舎の青年が、もごもごと話しているといった感じでしょうか。しかし同時に、Hagridは物語の筋の中で重要な役割も果たしているので、そのせりふをどれも注意深く追っていく必要があります。これまで述べたような話し方の特徴に注意をはらいつつ、以下の語彙リストを参照すれば、Hagridのせりふも楽に読めるにちがいありません。右側が標準の英語の綴りです。

Hagrid's Vocabulary:

'em	them	marchin'	marching
'spect	expect	mighta	might have
an'	and	nothin'	nothing
bangin'	banging	o'	of
bin	been	on'y	only
bu'	but	outta	out of
can'	can't	righ'	right
can't've	can't have	ruinin'	ruining
c'mon	come on	sayin'	saying
comin'	coming	should've	should have
didn'	did not (didn't)	skulkin'	skulking
doesn'	does not (doesn't)	someone'll	someone will
doin'	doing	startin'	starting
don'	don't	talkin'	talking
dunno	don't know	ter	to
d'yeh	do you	there'll	there will
eatin'	eating	threaten'	threaten
expectin'	expecting	tryin'	trying
fer	for	wasn'	wasn't
gettin'	getting	what're	what are
givin'	giving	won'	won't
gotta	got to	wonderin'	wondering
growin'	growing	wouldn'	would not (wouldn't)
hopin'	hoping	would've	would have
I'd've	I had have (I'd have)	yeh	you
inter	into	yeh'd	you had
jokin'	joking	yeh've	you have
jus'	just	yer	you're
killin's	killings	yer	your
listenin'	listening	you'd	you would
lookin'	looking		

あなたにも「ハリー・ポッター」Vol.2は読める！
Harry Potter and the Chamber of Secrets の語彙分析から

長沼君主＜清泉女子大学講師＞

語彙の種類が増えて少し大人向けの文章に

　「ハリー・ポッター」シリーズの2作目となるこの巻は、総語数8万4993語と、1巻の7万7618語と比べて、本のボリューム自体はあまり増えていません。章の数も第1巻の17章から、18章に増えただけ。単純に厚みを比べても、あまり大差はなく、これなら同じように、いや慣れた分だけ楽に読みこなせるといった印象でしょうか（ここでいう総語数や以下の異なり語数とは、数字や間投詞のたぐい、また、途中で言いかけてやめたりなどの、語を形成していないゴミを省いたもので、あくまでも目安です）。

　ところが、単語の種類を表す異なり語数はというと、第1巻の3,874語から4,561語と、なんだかずいぶんと増えている感じがします。単純に引き算をすると、687語増えているわけですが、総語数が9.5％増えたのに比べて、異なり語数は17.7％増えたことになり、あまり油断はできないようです。第2巻では語彙の種類も増えて、少し大人向けの文章になってきたというところでしょうか。

　とは言え、第1巻から第2巻までの延べ語数で見てみれば、第2巻の異なり語は5,590語になっており、第1巻よりも1,714語増えているにすぎません。第2巻の語彙のうち62.5％くらいは、すでに出てきた語彙と言えるわけです。さらにここから基本語と固有名詞などを除けば、新規の語彙は1,542語になります。これは第1巻の異なり語数の40％くらいと考えれば、労力もそれだけ少なくてよさそうな気がします。

基本語の比率はおよそ85％

　それでは、その基本語の比率は全体ではどうなっているのでしょうか。中学レベルで習う単語、約500語（中学校学習指導要領平成3年版別表の必修語彙リスト）と高校1年生レベルで習う単語、約1,000（平成12年度版の英語Iの教科書48社分のテキストをデータベース化して作成された既

存の語彙リスト［杉浦リスト］をベースに、頻度上位の語彙から中学必修語彙や不規則変化形をのぞいたリスト）を基本語として、第2巻全体のどれくらいの割合を占めているのかを見てみると、中学レベルの語彙で65.4％、高校1年生レベルの語彙まで含めると78.6％となっています。固有名詞のたぐいがその他に6.2％ほどありますから、85％くらいは既知の単語と考えていいでしょう。第1巻では88％くらいの計算だったのと比べると、やはり語彙的にも少し難しくはなっているようです。

ただ、会話文の比率をみてみると、全体で地の文が64.8％、会話文が35.2％と、第1巻の32.7％と比べると若干高めの数値となっています。それぞれの章をみてみても、飛び抜けて地の文が多い章は見受けられず、割合とテンポよく読めるのではないでしょうか。

中学レベルの語彙では
動詞と副詞の組み合わせがポイント

このように、物語の中では多くの基本語が用いられているわけですが、その品詞の割合はどうなっているでしょうか。中学レベル、高校1年生レベル、それ以上と3段階に分けて、動詞、名詞、形容詞、副詞といった内容語に焦点をあてて比べてみます。

中学レベルの語彙では、動詞が飛び抜けて多く、12,148回でてきます。それに対して、次に多い名詞は、4,811回です。副詞はnotが含まれていることもあり、意外と多いですが、それでも4,023回と動詞の1/3程度。形容詞にいたっては2,099回とさらにその半分くらいしかでてきません。（分析にあたっては、JACET8000＊とアルクの12段階のStandard Vocabulary Level［SVL］に含まれる語彙のみを使用）

では、動詞の種類がそれだけ多いのかというと、そういうわけではなく138個と、名詞の289個に比べて、半分くらいでしかありません。1個あたりの平均回数に直すと、名詞が16.6回に対して、動詞は88.0回となるわけで、まずは基本となる動詞をおさえておくことが大事なことがわかります。

基本的な動詞は出現回数が多い一方で、いろいろな単語と一緒に多義的に用いられますから、その使い分けをしっかりと把握して、イメージをつかむことが重要です。ちなみに、形容詞は96個、副詞は58個と、平均回

＊JACET8000とは、大学英語教育学会の研究グループが作成した8000語の難易度順の語彙リスト。

数に直すと、21.9回と69.4回で、副詞も使い回しが効くことがわかります。中学レベルの基本語の世界では、動詞と副詞の組み合わせで、ずいぶんとたくさんのことが表現されていそうです。

動詞は全体では、異なり語数で1,303個、総語数で考えると18,251回出てきます。とすると、中学レベルでは、動詞の種類としては、10.6%しか出てきていないにも関わらず、全体の出現回数の66.6%と、約1割の種類の動詞で2/3の出現回数をカバーしていることになります。それに比べて、名詞では異なり語数2,012個で出現回数が15,880回と、14.4%の名詞で30.3%のカバー率となり、中学レベル以上の語彙にも多く含まれているのがわかります。

高1レベルの語彙では名詞が多く含まれる

それでは、高校1年生のレベルをみてみると、総語数で名詞は4,794回、動詞は2,925回と、今度は打って変わって、名詞のほうが数多く出てきています。これは、種類の点からみても、名詞が472個なのに対して、動詞は269個と、回数をそのまま反映した形となっています。

平均出現回数を比べてみても、名詞が10.2回と動詞が10.9回で差はほとんどなく、単純に、名詞のほうが種類も回数も多く含まれているということのようです。

全体の出現回数との割合で言うと、名詞は30.2%、動詞は16.0%と、高校1年生レベルでは名詞のほうが多く含まれているという印象でしょうか。

レベルの高い語彙では名詞と形容詞が中心に

それ以上のレベルの単語で比べても、名詞では6,275回で39.5%なのに対して、動詞では3,178回で17.4%と、傾向は変わりません。形容詞の比率も、高校1年生レベルで、1,206回で25.8%、それ以上のレベルで、1,378回で29.4%と、動詞と比べて回数こそ少ないですが、全体との比率の点では上回っており、レベルの高い語彙では名詞と形容詞を中心として、世界が構成されていると言えそうです。とは言え、動詞の比率もそれなりに高いので、注意が必要です。

このように高いレベルの語彙では名詞の比率が高いことがわかったわけ

ですが (基本語より上のレベルの語の内訳とみてみると、実にその53.4%が名詞となっています)、名詞は動詞と比べて意味のぶれも少なく、その意味では取り組みやすいと言えるでしょう。

単語の組み合わせでは、どちらか一方がわかることが多い

では、こういった品詞はどのような組み合わせで、文を構成しているのでしょうか。2語ずつの組み合わせで、それぞれの文に含まれる品詞の組み合わせをみてみると、冠詞などと名詞の組み合わせが3,946回とトップで、続いて、動詞と前置詞などの組み合わせが3,766回、代名詞などと動詞の組み合わせが3,541回といったように、予想されるような組み合わせが上位に来ています。

このままでは、少しわかりづらいので、品詞をさらに、動詞、名詞、形容詞、副詞といった内容語と、前置詞や代名詞などのその他の機能語とに分けてみると、内容語と内容語の組み合わせが24.6%、内容語と機能語の組み合わせが28.4%、機能語と内容語の組み合わせが29.9%、機能語と機能語の組み合わせが17.0%となっていることがわかります。機能語は、そのほとんどが中学レベルに分類されており(95.4%)、中学レベルの語彙の内訳の58.8%を占めていますが、全体との比率でも174個で34,550回と3.8%の機能語で全体の43.7%を占めています。

機能語のほとんどは知っている語彙であると考えると、未知の語彙同士の組み合わせとなるのは、内容語と内容語の組み合わせとなります。その内、どちらも基本語でない組み合わせは662回と、全体の1.1%にしかなりません。組み合わせで考えてみると、どちらかの語彙は、ほとんど知っている語彙であることになります。内容語と内容語の組み合わせのうち、どちらかが知らない基本語でない比率と足し合わせてみても8.3%と、形容詞と名詞、動詞と名詞、動詞と副詞、動詞と形容詞などといった組み合わせの中の、10%に満たないこともわかります。

さらに機能語との組み合わせまで広げてみても、どちらも知らない場合と合わせて20.6%となり、それでも80%近くの組み合わせは、知っている語彙の組み合わせであることがわかります。より細かくみてみると、どちらも基本語以外となる内容語の組み合わせの中では、形容詞と名詞の組み合わせで9.6%、動詞と名詞の組み合わせで9.0%、名詞と名詞の組み

合わせで同じく9.0％となっており、名詞がからんだ組み合わせでは、やはり、知らない語同士の組み合わせであることが比較的高いこともわかります。

基本動詞をおさえたら
次は名詞との組み合わせがキーに

このように品詞を手がかりとして、語彙の世界をみてみると、まずは基本語となる動詞を中心として理解を進めていき、徐々に名詞の世界へと広げていくのがよさそうです。

組み合わせで考えると、名詞との組み合わせがキーとなりそうですので、

基本語頻度 ［以下 token（総語数）：上段／type（異なり語数）：下段］　　（回）

レベル＼品詞	名詞	動詞	形容詞	副詞	その他	合計
JHS	4811	12148	2099	4023	32973	56054
	289	138	96	58	116	697
HS	4794	2925	1206	821	1450	11196
	472	269	129	56	34	960
others	6275	3178	1378	799	127	11757
	1251	896	512	200	24	2883
total	15880	18251	4683	5643	34550	79007
	2012	1303	737	314	174	4540

＊JHS、HSについてはp.161を参照。othersは基本語（JHS、HS）より上のレベルの語彙だったもの。

品詞別比率　　　　　　　　　　　　　　　　　　　　　　（単位：％）

レベル＼品詞	名詞	動詞	形容詞	副詞	その他	合計
JHS	30.3	66.6	44.8	71.3	95.4	70.9
	14.4	10.6	13.0	18.5	66.7	15.4
HS	30.2	16.0	25.8	14.5	4.2	14.2
	23.5	20.6	17.5	17.8	19.5	21.1
others	39.5	17.4	29.4	14.2	0.4	14.9
	62.2	68.8	69.5	63.7	13.8	63.5
total	100.0	100.0	100.0	100.0	100.0	100.0
	100.0	100.0	100.0	100.0	100.0	100.0

ある程度、基本的な動詞をおさえたら、数の多い名詞に取りかかることによって、理解できる組み合わせが増えていくでしょう。

また、機能語の占める割合が非常に高いこともわかりましたが、機能語を使いこなすにはやはり慣れが必要です。特に前置詞などは動詞との組み合わせで頻出しているようですが、そういった句動詞の英語的な感覚をつかんでいくことも重要となります。

今度、「ハリー・ポッター」のシリーズを読み進めていく上でも、このような核となる語彙を、組み合わせとして感覚的に把握し、英語のまま、自動的に頭の中で意味が展開されるような状態にもっていけるように、気に入った部分を、何度でも繰り返し読んでみるなどしてみるとよいと思います。

レベル別比率 (単位:％)

レベル＼品詞	名詞	動詞	形容詞	副詞	その他	合計
JHS	8.6	21.7	3.7	7.2	58.8	100.0
	41.5	19.8	13.8	8.3	16.6	100.0
HS	42.8	26.1	10.8	7.3	13.0	100.0
	49.2	28.0	13.4	5.8	3.5	100.0
others	53.4	27.0	11.7	6.8	1.1	100.0
	43.4	31.1	17.8	6.9	0.8	100.0
total	20.1	23.1	5.9	7.1	43.7	100.0
	44.3	28.7	16.2	6.9	3.8	100.0

全体比率 (単位:％)

レベル＼品詞	名詞	動詞	形容詞	副詞	その他	合計
JHS	6.1	15.4	2.7	5.1	41.7	70.9
	6.4	3.0	2.1	1.3	2.6	15.4
HS	6.1	3.7	1.5	1.0	1.8	14.2
	10.4	5.9	2.8	1.2	0.7	21.1
others	7.9	4.0	1.7	1.0	0.2	14.9
	27.6	19.7	11.3	4.4	0.5	63.5
total	20.1	23.1	5.9	7.1	43.7	100.0
	44.3	28.7	16.2	6.9	3.8	100.0

［分析にはJACET8000またはSVLに含まれている語彙のみ使用］

＜分析表１＞会話の比率
Vol.2全体と各章における会話文の占める比率を表したものです

表の縦の列は全体と第１章から第18章までを表します。othersは分析不可能だったもの、frgは「出現回数」です。横の欄のtypeは「異なり語数＜語の種類＞」、tokenは「総語数」、その下のnrt(narration)の下の数字は「地の文の総語数」、cnv(conversation)の下は「会話文の総語数」です。

Each Chapter		type			token			type/token		
		all	nrt	cnv	all	nrt	cnv	all	nrt	cnv
All	frq	4561	3806	2388	84993	55077	29916	5.4	6.9	8.0
without Others	%	-	83.4	52.4	-	64.8	35.2	18.6	14.5	12.5
Ch01	frq	761	657	248	2572	1944	628	29.6	33.8	39.5
	%		86.3	32.6		75.6	24.4	3.4	3.0	2.5
Ch02	frq	749	602	302	2879	1777	1102	26.0	33.9	27.4
	%		80.4	40.3		61.7	38.3	3.8	3.0	3.6
Ch03	frq	1017	715	529	4469	2490	1979	22.8	28.7	26.7
	%		70.3	52.0		55.7	44.3	4.4	3.5	3.7
Ch04	frq	1266	1034	535	5743	4006	1737	22.0	25.8	30.8
	%		81.7	42.3		69.8	30.2	4.5	3.9	3.2
Ch05	frq	1184	1044	380	5321	4190	1131	22.3	24.9	33.6
	%		88.2	32.1		78.7	21.3	4.5	4.0	3.0
Ch06	frq	1072	832	502	4548	2892	1656	23.6	28.8	30.3
	%		77.6	46.8		63.6	36.4	4.2	3.5	3.3
Ch07	frq	1088	821	529	4553	2780	1773	23.9	29.5	29.8
	%		75.5	48.6		61.1	38.9	4.2	3.4	3.4
Ch08	frq	1176	979	397	4341	3198	1143	27.1	30.6	34.7
	%		83.2	33.8		73.7	26.3	3.7	3.3	2.9
Ch09	frq	1090	750	619	5118	2602	2516	21.3	28.8	24.6
	%		68.8	56.8		50.8	49.2	4.7	3.5	4.1
Ch10	frq	1147	850	565	5274	3151	2123	21.7	27.0	26.6
	%		74.1	49.3		59.7	40.3	4.6	3.7	3.8
Ch11	frq	1283	1053	513	5976	4079	1897	21.5	25.8	27.0
	%		82.1	40.0		68.3	31.7	4.7	3.9	3.7
Ch12	frq	1194	971	497	5411	3702	1709	22.1	26.2	29.1
	%		81.3	41.6		68.4	31.6	4.5	3.8	3.4
Ch13	frq	1153	927	510	5498	3671	1827	21.0	25.3	27.9
	%		80.4	44.2		66.8	33.2	4.8	4.0	3.6
Ch14	frq	983	773	449	3934	2514	1420	25.0	30.7	31.6
	%		78.6	45.7		63.9	36.1	4.0	3.3	3.2
Ch15	frq	1031	891	349	4605	3471	1134	22.4	25.7	30.8
	%		86.4	33.9		75.4	24.6	4.5	3.9	3.2
Ch16	frq	1099	867	518	5660	3513	2147	19.4	24.7	24.1
	%		78.9	47.1		62.1	37.9	5.2	4.1	4.1
Ch17	frq	1093	778	559	5385	3114	2271	20.3	25.0	24.6
	%		71.2	51.1		57.8	42.2	4.9	4.0	4.1
Ch18	frq	904	609	504	3706	1983	1723	24.4	30.7	29.3
	%		67.4	55.8		53.5	46.5	4.1	3.3	3.4

＊type/tokenは厳密には、タイプ／トークン比(type/token ratio)と書かれるべきものであり、異なり語数を総語数で割ったものです。上段に示したのは、それに100をかけて％表記としたもの。この値は語彙の密度を表すことになり、値が低いほど、繰り返しが多く、逆に値が高いほど、種類の多い、繰り返しの少ないテキストであると言えます。

＜分析表２＞基本語彙の比率

Vol.2と各章の高校２年以下のレベルの語彙の占める比率を表しています

表の縦の列は全体と第１章から第18章までを表します。横の欄のJHSはJunior High Schoolの省略で、中学レベルで習う単語「中学校学習指導要領」平成３年度版別表の必修語彙リスト、HSはHigh Schoolを省略したもので、英語Ⅰの教科書48社分のテキストをデータベース化して作成された既存の語彙リスト［杉浦リスト］です（p.152参照）。

Each Chapter		type				token				type/token		
		all	JHS	HS	J/HS	all	JHS	HS	J/HS	JHS	HS	J/HS
All	frq	4561	467	720	1187	84993	55567	11256	66823	0.8	6.4	1.8
without Others	%	-	10.2	15.8	26.0	-	65.4	13.2	78.6	119.0	15.6	56.3
Ch01	frq	761	288	193	481	2572	1737	310	2047	16.6	62.3	23.5
	%		37.8	25.4	63.2		67.5	12.1	79.6	6.0	1.6	4.3
Ch02	frq	749	265	200	465	2879	1861	425	2286	14.2	47.1	20.3
	%		35.4	26.7	62.1		64.6	14.8	79.4	7.0	2.1	4.9
Ch03	frq	1017	314	242	556	4469	3033	520	3553	10.4	46.5	15.6
	%		30.9	23.8	54.7		67.9	11.6	79.5	9.7	2.1	6.4
Ch04	frq	1266	338	311	649	5743	3688	750	4438	9.2	41.5	14.6
	%		26.7	24.6	51.3		64.2	13.1	77.3	10.9	2.4	6.8
Ch05	frq	1184	319	284	603	5321	3478	700	4178	9.2	40.6	14.4
	%		26.9	24.0	50.9		65.4	13.2	78.6	10.9	2.5	6.9
Ch06	frq	1072	303	284	587	4548	2990	628	3618	10.1	45.2	16.2
	%		28.3	26.5	54.8		65.7	13.8	79.5	9.9	2.2	6.2
Ch07	frq	1088	309	261	570	4553	2903	589	3492	10.6	44.3	16.3
	%		28.4	24.0	52.4		63.8	12.9	76.7	9.4	2.3	6.1
Ch08	frq	1176	291	278	569	4341	2633	642	3275	11.1	43.3	17.4
	%		24.7	23.6	48.3		60.7	14.8	75.5	9.0	2.3	5.8
Ch09	frq	1090	302	279	581	5118	3386	691	4077	8.9	40.4	14.3
	%		27.7	25.6	53.3		66.2	13.5	79.7	11.2	2.5	7.0
Ch10	frq	1147	306	291	597	5274	3372	732	4104	9.1	39.8	14.5
	%		26.7	25.4	52.1		63.9	13.9	77.8	11.0	2.5	6.9
Ch11	frq	1283	325	315	640	5976	3898	782	4680	8.3	40.3	13.7
	%		25.3	24.6	49.9		65.2	13.1	78.3	12.0	2.5	7.3
Ch12	frq	1194	321	277	598	5411	3563	634	4197	9.0	43.7	14.2
	%		26.9	23.2	50.1		65.8	11.7	77.5	11.1	2.3	7.0
Ch13	frq	1153	323	274	597	5498	3707	715	4422	8.7	38.3	13.5
	%		28.0	23.8	51.8		67.4	13.0	80.4	11.5	2.6	7.4
Ch14	frq	983	292	262	554	3934	2570	524	3094	11.4	50.0	17.9
	%		29.7	26.7	56.4		65.3	13.3	78.6	8.8	2.0	5.6
Ch15	frq	1031	290	262	552	4605	2998	641	3639	9.7	40.9	15.2
	%		28.1	25.4	53.5		65.1	13.9	79.0	10.3	2.4	6.6
Ch16	frq	1099	305	293	598	5660	3906	687	4593	7.8	42.6	13.0
	%		27.8	26.7	54.5		69.0	12.1	81.1	12.8	2.3	7.7
Ch17	frq	1093	291	282	573	5385	3459	782	4241	8.4	36.1	13.5
	%		26.6	25.8	52.4		64.2	14.5	78.7	11.9	2.8	7.4
Ch18	frq	904	271	243	514	3706	2385	504	2889	11.4	48.2	17.8
	%		30.0	26.9	56.9		64.4	13.6	78.0	8.8	2.1	5.6

＜分析表3＞固有名詞の比率

Vol.2全体と各章に占める固有名詞の比率を表したものです

表の縦の列は全体と第1章から第18章までを表します。without others のothers は分析不可能だったものを表します。横の覧の固有名詞は人名・地名・呪文・事物などの総語数を示します。

Each Chapter		type				token				type/token		
		all	固有名詞	口語	派生語	all	固有名詞	口語	派生語	固有名詞	口語	派生語
All	frq	4561	110	28	193	84993	5309	73	325	5309	73	325
without Others	%	-	2.4	0.6	4.2	-	6.2	0.1	0.4	6.2	0.1	0.4
Ch01	frq	761	22	1	6	2572	187	1	7	187	1	7
	%		2.9	0.1	0.8		7.3	0.0	0.3	7.3	0.0	0.3
Ch02	frq	749	18	1	3	2879	174	2	3	174	2	3
	%		2.4	0.1	0.4		6.0	0.1	0.1	6.0	0.1	0.1
Ch03	frq	1017	27	2	12	4469	300	4	13	300	4	13
	%		2.7	0.2	1.2		6.7	0.1	0.3	6.7	0.1	0.3
Ch04	frq	1266	33	5	14	5743	379	13	15	379	13	15
	%		2.6	0.4	1.1		6.6	0.2	0.3	6.6	0.2	0.3
Ch05	frq	1184	27	1	16	5321	328	1	17	328	1	17
	%		2.3	0.1	1.4		6.2	0.0	0.3	6.2	0.0	0.3
Ch06	frq	1072	24	0	17	4548	215	0	26	215	0	26
	%		2.2	0.0	1.6		4.7	0.0	0.6	4.7	0.0	0.6
Ch07	frq	1088	34	6	13	4553	308	16	17	308	16	17
	%		3.1	0.6	1.2		6.8	0.4	0.4	6.8	0.4	0.4
Ch08	frq	1176	26	0	20	4341	250	0	21	250	0	21
	%		2.2	0.0	1.7		5.8	0.0	0.5	5.8	0.0	0.5
Ch09	frq	1090	33	3	22	5118	312	3	25	312	3	25
	%		3.0	0.3	2.0		6.1	0.1	0.5	6.1	0.1	0.5
Ch10	frq	1147	32	4	19	5274	324	4	27	324	4	27
	%		2.8	0.3	1.7		6.1	0.1	0.5	6.1	0.1	0.5
Ch11	frq	1283	38	5	22	5976	377	8	22	377	8	22
	%		3.0	0.4	1.7		6.3	0.1	0.4	6.3	0.1	0.4
Ch12	frq	1194	42	3	18	5411	426	5	25	426	5	25
	%		3.5	0.3	1.5		7.9	0.1	0.5	7.9	0.1	0.5
Ch13	frq	1153	38	6	17	5498	274	7	17	274	7	17
	%		3.3	0.5	1.5		5.0	0.1	0.3	5.0	0.1	0.3
Ch14	frq	983	35	3	16	3934	299	5	25	299	5	25
	%		3.6	0.3	1.6		7.6	0.1	0.6	7.6	0.1	0.6
Ch15	frq	1031	34	1	14	4605	288	1	25	288	1	25
	%		3.3	0.1	1.4		6.3	0.0	0.5	6.3	0.0	0.5
Ch16	frq	1099	31	1	19	5660	282	2	21	282	2	21
	%		2.8	0.1	1.7		5.0	0.0	0.4	5.0	0.0	0.4
Ch17	frq	1093	25	0	13	5385	296	0	13	296	0	13
	%		2.3	0.0	1.2		5.5	0.0	0.2	5.5	0.0	0.2
Ch18	frq	904	29	1	6	3706	290	1	6	290	1	6
	%		3.2	0.1	0.7		7.8	0.0	0.2	7.8	0.0	0.2

INDEX

ここにある語句のリストは、各章の登場人物、語彙リスト、そのあとの語句解説で説明を加えた語句を中心に、アルファベット順に並べています。興味のある語句を調べるのに使うのもよし、辞書がわりに使うのもよし、さまざまに工夫してお使いください。

A

A word to the wise	71
abashed	51
abilities	147
abject	147
ablaze	133
ABNORMALITY	25
abruptly	88
absent-mindedly	26
absorbing	108
absurd	121
Abyssinian Shrivelfigs	132
accident-prone	69
acrid	102
Admirable sentiments	128
ado	117
adoration	33
Adrian Pucey	100
advanced on him	34
aeroplanes	62
affectionate	114
affronted	115
aftermath	107
aggravated	95
aghast	107
agitation	114
agleam	96
aglow	33
agony	115, 143
airy	86
ajar	44, 133
alarm	127
alarmingly	87
Albus	102
Albus Dumbledore	32
alert	121, 147
Alicia Spinnet	78
all fours	115
all his might	61, 89
All righ'	108
All right, Harry?	78, 81
all that's keeping me going	33
alleyway	51
almighty	79
amazed	87, 95
ambitious	52
ambled	49
amidst	53
amount to...	51
amulets	94
anagram	145
ancient	42
Ancient Runes	127, 129
Angelina Johnson	78
anguished sobs	88
antics	114
antidotes	70
Aparecium	121
apiece	147
apoplectic	106
apothecary's	51
appointment	128
aquamarine	63
aquiver	87
Aragog	131, 135
Arithmancy	127, 129, 130
around the clock	35
arrant	95
arrested	121
Arry	122
Arthur	41
as far as they were concerned	26
as safe as poking a sleeping dragon in the eye	106, 109
ashen-faced	107
askew	108
assembled	69
astounded	138
atten	61
attic	42
audible	43
autobiography	52
award for special services to the school	121
awestruck	64
Azkaban	116

B

babble of talk	69
Babbling Curse	100, 103
backtracked	88
bade...goodnight	122
balaclava	108
bandy about	108
bangin' on	80
banished	80
banisters	115
banner	52
banshee	34, 84
barging into	122
baring	107
barred	132
barricaded	100
Basilisk	138, 140
bated breath	87
battered	53
battering ram	63
bawling	70
beacon	102
beady eye	138
beakerful	102
beamed	43
bear all this in mind	50, 54
bearing	96
bearing down on	34
Beater(s)	78, 82
beckoned	53, 107
bedraggled	69
bedspread	44
Bee in your bonnet	114
befall	71
befouling	87
begging	87
begonia	70
belch	25
bellow(ed)	42, 62
bemused	144
bemusedly	78
berserk	42
beside herself with fury	53
bespectacled	63
bet	44, 49
bewildered	89, 147
bewitch(ed)	16, 63
bewitching	42

163

Bicorn	101	brambles	133	carved	88
Big deal	53	brandishing	34	cascaded	51
bigheaded	71	brat	143	cast a wary eye	114
Bill Weasley	41	braved	33	castors	107
billowing	62	brawling	53	catching on...	138
Bin wonderin'	79	break	121	catching snatches of...	108
Binns	94	Break it up	53	cat-flap	35
Bit rich coming from you	41, 45	Break with a Banshee	49, 58	caught a glimpse	27
biting off more than you can		breakneck	52	cauldron	16, 26, 43
chew	52, 55	breathless	52	cavernous	61
bitterness	86	breathed	41	caving in	63
bizarre	72	brewing up	101	Celebrity is as celebrity does	
blabbing	139	brick red	87		80, 81
blanched	95	brilliant	26, 43	cell	133
blaze of sunlight	62	brilliant shade of magenta	80	cemented	80
blazed	27	BRING YOU UP	69	centaurs	132
bleakly	116	bringing up the rear	132	chamber	3
blearily	95	bristles	115	Chameleon Ghouls	106, 110
Blimey	43	bristling	51	charging	62
blizzard	108	broad daylight	61	Charlie Weasley	41
bloke	53	buck up there	127	charm	16
Bloody Baron	86	budgies	72	charmed	51, 54
blossoming	62	buff up	80	Charms	78
blotched	94	bulbous	87	Chaser(s)	79, 82, 83
blotting	96	bulging	33, 107	cheekily	43
blow	63	bullied into...	86	cheerful	69
Bludger(s)	78, 83	Bulstrode, Millicent	106	chicken out	101
blundered	106	bun	63	chill	80, 143
blunt	86	bungled	138	chimed	94
blur(red)	50, 89	buoyant	132	chink	33
blurted out	63	burly	78	chipped in	138
blushing	49, 144	burnished	121	chivvy	96
boa constrictor	107	burp	80	chortle	71
boarhound	79	Burrow, the	40, 41, 46	christened	127
bodiless voice	94	burst	34	Christmas had been cancelled	
bogey	115	burst in on	115		64, 65
bold	33	burst into applause	53	chuck ... out	27, 128
bolt upright	26	burst into tears	26	chuck it	121
bolted down	27	bushy	25	Chudley Cannons	44
bombard	49	bustling around	79	churning	50
bone-marrow	80	butt(ed) in	94, 122	circular	64, 127
bonnet	62, 117	buttering	43	cistern	96
booked	79	buzzing	143	Claimed the Lives	51
Boomslang	101	by means of...	52	clambered	61
boot	61			clamouring...	52
Boot, Terry	106	**C**		clamped	42, 53
Borgin and Burkes	51, 55	cajolingly	62	clanged	50
bossily	88	came across	86	clanking	49
boughs	63	came down hard on them	121	clapped eyes upon	133
bound to...	33, 70, 96	came thundering down	53	clatter	49
bounded	33	candelabra	72	clattering	43
bounding	43	canopy	62, 80	claw-footed	114
bout	114	Care of Magical Creatures		clear off	79
bowled	123		88, 127, 129	clenching	71
bowler	128	careering out of...	101	clinking	43
bracingly	95	carols	115	clipped	116, 128
brainless git	100	carthorses	133	cloak(s)	16, 52

close thing	33	croaked	34, 51	deprived	94
clucked	122	crocodile fashion	132	derisive	115
clumps	42	cronies	71	descended	114
clunk	62	crooked	42	deserted	78
clutching	34, 53, 71	crossbow	128	despairing	62
C'mon	61	crouching	123	detach himself from...	128
coast was clear	101	crumpled	62	detached	94
cobbled street	52	cuffed	107	detention	64
Colin Creevey	69	culprit	121	determination	147
collapse	27	cupids	122	determined	26, 139
colleagues	122	curious	61, 114	detested	94
colliding	61	curse	17	devastated	127
combative position	107	cursed	51	devastation	107
come by	122	cut it out	35	Devilish tricky little blighters	72
come in handy	107			devising	79
come-uppance	115	**D**		devoted to...	51
coming round	95			dew-drenched	79
Committee on Experimental		dabbing	33	de-whiskered	121
Charms	44	Daily Prophet	53	Diagon Alley	17, 50
common knowledge	87	dampened	86	diagram	79
common room	64	dangling	25, 41, 87	didn't have a clue	72
common sense	139	dangling limply	62	died 31st October, 1492	88, 92
commotion	122	dare say	34	dingy	51
compartment	148	Dark Arts	51	Dip	62
completely at sea	33, 35	Dark deeds	102	dirty great	96
completely thrown	95	Dark Lord	33	dirty looks	43
compost	70	darted	34	Disarming Charm	107
compost heap	132, 135	darting	133	disgruntled	148
concern	133	dashboard	42, 62	dismounted	79
confession	106	dashing	64, 86	disperse	122
confetti	122	daubed	89	dispose of	143
confiscated	121	dazed	80	disregard	147
conjured up	61	dazzlingly	52	disrepute	116
conker-like knuckles	71, 73	deadly dull	95	dissolving	144
consequences	147	deadly whisper	43	distinctly	147
consorted	147	deafening	50	distinctly disgruntled	69
contorted	116, 143	deal	26	distracted	52, 79, 143
contracted	143	Dean Thomas	60	distraught	106
contraptions	122	deathday party	85	distress	87
cooped up	127	de-boning	101	diversion	43, 106
Cornelius Fudge	127	decent	108, 127	Divination	127, 129
Cornish pixies	72, 74	Decree	34	divine	122
Correspondence Course	87	Decree for the Restriction of		dizzy	43, 50
counter-curse	94	Under-age Wizardry	64	Dobby	32
Course	52	decrepit	114	docile	107
coursing	138, 143	deep-set	115	dodged	143
cowered	43	defeated	144	dodging out of sight	78
Crabbe	69	Defence Against the Dark Arts		dodgy	42, 51
crack	34, 138		49	doesn't miss a trick	49
crack of dawn	78	defender	143	dollops	115
crackling	70	deflated	101	don't breathe a word	87
cramped	43	Deflating Draft	106	doom-laden	115
Craning	133	de-gnome	43	dormitory	25, 64, 106, 111
craning around	42	delicately	139	dose	121
creaks	41	demonic glint	34	doubled up	79
creepy	108	dense	133	doublet	86
crimson	69	dent	63	downright	138
		denying	101		

165

dozed off	138	emblazoned	44	Fawkes	114
Dr Filibuster's Fabulous Wet-Start, No-Heat Fireworks	52, 57	embrace	147	fearsome	138
		emerged	26, 49	feast	63
		emitted	53	feeble	87
Draco Malfoy	25	enchantment	17	feebly	62
draft	147	end of its tether	63	feelers	70
dragged	35, 52	energetically	44	feeling a bit sorry for...	94
dragon-dung	70	Engorgement Charm	80, 81	fellow students	132
draining board	50	engraved	122, 147	fervently	96
drapes	88	engulfed	70	fetch	63
draught	108	enormous	26	feverishly	107
draw in	70	Enraged	107	fiasco	42
drawing himself up	87	enslavement	102	fickle	80
dread	108	enter into the spirit of the occasion	122	fiddling	128
dreading	114			fidget	50
dregs	102	Entrancing Enchantments	122	fiercely	133
drenched	26	entrust	108	Filch	78
drives ... mad	42	entwined	139	filed out	71
drone	95	enviously	52	Filibuster fireworks	61
droned on	79	eradication	100	filling in	132
drooped	25, 79	Ernie Macmillan	106	filtering	138
drove	138	Errol	41	final straw	121, 123
drowsy	80	erupted	64	fingering	96
drunkenly	143	escapators	50	fingernails would have made Aunt Petunia faint	69
ducked	26	escort	101		
Dudley Dursley	25	evaporate	122	finish your one off	50
Due north	62	*Evening Prophet*	63	finished each other off	107
duel	105, 112	evidence	94	*Finite Incantatem*	107, 110
dug	34	evidently	108, 133	firecracker	71
dull	43, 62	exasperated	78	fishy	42
dullest	95	exchanged dark looks	25, 28	flabbergasted	147
Dumbledore, Albus	32	expanded	61	flailing	63
dumbstruck	42	expel	35	flaming hair	49
dung	26, 42	*Expelliarmus*	107, 109	flanked	71
dungeons	63	expertise	100	flapped	33
dunno	50, 51, 61	Exploding Snap	114. 118	flaring	51
dwarfs	122, 124	expulsion	34	flatter	132
dwell on	69	extinguished	108, 121	flaw	121
dwindling out	143	extracted	53	flay him to within an inch of his life	34
dying to hear	34, 35	eyeing	64		
d'you	61			flea-bitten	51
				flecks	144
E		**F**		fleeting	138
				Flesh-Eatin' Slug Repellent	51, 56
earmuffs	70	fabulous	62		
earnestly	33	fail-safe	87	flinched	64
ear-splitting	33	faintest inkling	138	flinging	34
eat our words	147, 148	fall for	96	Flitwick	78
ebb away	102	faltered	44	flogging	102
ecstasy	102	fanciful	95	Floo Network	57
eerie	143	fancy	80	Floo powder	50, 57
egging...on	108	Fang	78	floodlit	133
eggnog	115, 118	fangs	100	flopped	50
eight inches	72, 95	Fascinating	49	Flourish and Blotts	49
Eight o'clock sharp	80	fashioned	143	flouted	64
ejecting	63	Fat Friar	86	flu	87
elaborately	115	fatal	70	Fluffy	127
elbow grease	80, 81	Father Christmases	43		
		faulty	62		

flurry of movement	94	gargoyle	108, 111	grab	41
flushed	53	gasped	25	graciously	26
flushing	71	gaunt	88	Gran'	69
flustered	107	gave a start	71	grate	50
fluxweed	100	gazed	26	gratitude	33
flyaway	69	gazing	78	grave	64
foggy	62, 144	genially	80	great chunks	139
foot of the stairs	27	gents	53	Great Hall	25, 63
Foot-high words	89	George Goyle	69	Great Scott	80
FOR INSTANCE	44	George Weasley	41	greenish blurs	86, 89
forbade	122	Gerroff me	43	grievously	102
forbidden	108	get on with	33	Griffindor	63, 66
Forbidden Forest	25, 132	get rid of	71, 128	griffon	108, 110
Ford Anglia	61	ghoul	42	grim-looking	122
foreboding	94	gibbering	41	grimly	35
forfeit	101	gilded	108	Gringotts	50
forgery	100	Gilderoy Lockhart	68	grinning from ear to ear	42, 45
forget-me-not blue	52	gingerly	50	grisly	89
forsaken	144	Ginny Weasley	41	gritted	34
fortnight	26, 107	given a wide berth	88, 90	groggily	78
fought	26	given himself away	121	groping	44
foul	26	gives ... his word	34	grubby	33
four feet seven inches	95	gladly	27	grudge	42
frail-looking	122	glance(d)	43, 61	gruesome	100
frame	94	glaring	43, 53, 133	grumbling	43, 128
framed	42	glassy	62, 128	grumpy	79, 88
frantically	33	gleaming	27	Gryffindor	51
frayed	63	gleefully	87, 115	Gryffindor, Godorick	94
freak	122	glistening	52	Guilderoy Lockhart	41
freak place	27	gloating	132	gullible	95
Fred Weasley	41	gloom	80	gulp down	102
free rein	138	gloop gloop	115	gulped	34, 63
Freezing Charm	72, 74	gloss the whole thing over	34	gurgling	96
fretfully	133	glossy	53, 87		
fretted	108	glove compartment	62	**H**	
fridge	27	glowering	79	had it	64
frogspawn	44	glummest	88	had the run of	114
frothed	107	gnarled	43	haggis	88, 91
fulfil	86	gnashed their teeth	70	haggle	51
full steam ahead	101, 103	gnome(s)	42, 46, 47	Hagrid,Rebeus	25
fumbled	71	goblets	63	Hags	49
fumbling	100	goblin	52	hail of blows	63
fumes	106	Godric Gryffindor	66, 94	half an inch	86
Fuming	86	goggled	35	half-plucked	80, 114
furious	27	going frantic	42	Hallowe'en	86
furnace	44	going the wrong way	106	hammered	42
furrowed	122	Golden Snitch	79, 82, 83	hampered	132
furry	88, 121	gone to any lengths	127	hand wrung	52
		good and beheaded	87	handing out	69
G		Good Lord	44	hand-picked	147
Gadding	49	good-naturedly	144	hands-on experience	72
gagging	114	gormless	116	Hang on	33
Galleons, Sickles, Knuts	50, 56	got fond of...	144	hanging on...every word	95
galloping	52	got off	133	hangings	108
Gambol and Japes Wizarding Joke Shop	52, 56	gotta bone ter pick with yeh	80, 81	Hannah Abbott	106
gaped	64, 108	Goyle	69	haphazardly	43
				harassed-looking	52

167

hard-done-by	33	house Quidditch team	26, 28	installed	61
hare lip	139	houses	63, 66	instinct	133
harmed	133	house-elves	38	instructive	107
Harry Potter	25	Hover Charm	34, 37	intelligence	34
hastily	33	howled	27	International Confederation of
haunt(s)	88, 139	Howler	69, 75	Warlocks' Statute of Secrecy	34
have to go	25	hubbub	138	
havoc	87	huddle(d)	101, 127	International Warlock
haze	101, 147	Hufflepuff	63, 66	Convention of 1289	95
he was starting to grow on me	147	Hufflepuff, Helga	66, 94	interrogating	115
He Who Must Not Be Named	33	humiliation	71	intimate	143
Head Boy	50	humming	144	into our midst	133
headed for...	52, 121	hung his head	33, 35	Intrigued	87
headlamps	33	hunting horn	88	Invisibility Booster	61
Headless Hunt	86, 91	hush it all up	116	Invisibility Cloak	17, 128
headlock	107			irksome	132
healing	114, 144	**I**		irresolute	127
heaped	88			irritable-looking	53
heard tell	33	I wouldn't...if you paid me		issuing	62, 115
hearth	50		96, 97		
hearty guffaw	88	icily	94	**J**	
heave	25	identical	49, 108		
heavy blow	27	idiot	95	jabbering	72
hedge	26	idly	143	jabbing	62
Hedwig	25	I'd've	51, 96	jangling	52
heed	102	if the likes of	95	jaunty	53
height of his strength	33	ignited	96	jaunty, winning voice	43
HEIR	89	immaculate	69	jeering	26
Helga Hufflepuff	94	immensely	100	jerkily	139
hem	147	immersed	52	jerking	41
hen-coop	108	immobile	89	jet-black	26
Herbology	69	immobilising	72	Jiggery pokery / Hocus pocus /
Hermes	41	Impaled	147	squiggly wiggly	27
Hermione Granger	25	imploringly	71, 128	jinx(ed)	18, 80
hex	17, 44	in a row	70	joint	27
hibernate	121	in a transport of rage	87	jolt	62
hilt	143	in awe	79	jostling	52
History of Magic	95	in outrage	79	jowls	87
hit dead ends	133	in pride of place	88	jumble	43
hitched	27	In spite of himself	72	jump out of their skins	133, 134
hitherto	114	In the blink of an eye	61	jumpers	62
hoarsely	33	in the light of...	122	jump-jets	86
Hogwarts Express	49	in the same boat	132, 134	jumpy	51
hoisted	41	in their right minds	100	Justin Finch-Fletchley	69
hold-up	122	incantation(s)	17, 87	jutted	107
hollow	61, 133	incensed	147		
holly and mistletoe	114	Inch	41	**K**	
Homorphus Charm	100, 103	inching	70		
Honourary Member of the Dark		incredulously	79	Katie Bell	78
Force Defence League	71	indignantly	52, 61	keeled over	115, 144
hoodwinked	147	indistinct	100	keen...	128
hooting	25	indistinguishable from...	115	keenly	88
hopeless	64	inept	102	keep her word	138
horror-struck	102, 143	inexplicably	107	keep my head down	116
hot an' bothered	108	Ingenious	49	Keeper	79, 82, 83
hot pursuit	123	inject	139	keeps a low profile	108
House Championship trophy	63	Innumerable	63	kelp	82
		Inspired!	64	kelpies	79, 82
				Kent	88

King's Cross station	49	
kippers	69	
knobbly	43	
knocking him out	143	
Knockturn Alley	51, 55	
knot	71	
knotgrass	100	
knottiest	127	
Knuts	56	
KWIKSPELL	87	

L

labyrinthine	115	
Lacewing flies	100	
ladled	115	
lagged	132	
landing	27	
lank	88	
Japanese-golfer joke	38	
lashing	63, 88	
lasso	43	
late lamented	88	
launched into	64, 79	
Lavender Brown	94	
leaden	101	
leads	121	
leaked out of	70	
Leaky Cauldron	52	
leapt	33, 50	
Lee Jordan	49	
leeches	100	
leered	50	
leering to a man	79	
legend	95	
less able	100	
lettering	79, 87	
likenesses	143	
limb(s)	63, 133	
limelight	53	
limericks	121	
lingered	87	
Live 'uns	88	
livid	26, 133	
loathed	80	
loathing	115	
Lockhart, Guilderoy	41	
lodged	101, 133	
lofty	100	
lolled	27, 143	
longing...	147	
longingly	52, 62	
loo	88	
look at home	116	
loophole	44	
loopy	100	
lop-sided	42	
Lord Voldemort	25	

Losing his head	122	
losing your touch	128	
lot on his plate	116	
lousy	42	
lowly	102	
Lucius Malfoy	41	
ludicrous	95, 114	
lumbered	107	
Lumos	132, 134	
lunatics	34	
lunged	143	
lunging for...	62	
lurching	34, 63	
lurid	122	

M

mad about	42	
Madam Hooch	100	
Madam Pince	100	
Madam Pomfrey	86	
made a grab	34	
made for...	69	
Mafalda Hopkirk	32	
maggoty	88	
magic word	25, 29	
magicking	35	
magnified	79	
Majorca	26	
malevolent	107	
malfunctioning	78	
malice	53	
manacles	87	
Mandragora	70	
Mandrake	70, 74	
Mandrake Restorative Draught		94
mangled	139	
manning	121	
manor(s)	42, 51	
mantelpiece	43	
manure	27	
Marcus Flint	78	
Mark my words	138	
massive	25	
master	25	
Master	51	
match	52	
matter-of-fact tone	106	
mature	127	
mayhem	106	
McGonagall, Minerva	60	
meaningfully	147	
Medal for Magical Merit	121	
meddle	102	
meddlesome	51, 147	
megaphone	127	
memorised	78	

Memory Charms	42, 46, 141	
menacing	71	
merits...	147	
mewing	87	
mightily	147	
milkman	71	
Millicent Bulstrode	106	
Millicent Bulstrode's no pixie		
	115, 117	
Minerva	60, 102	
mingling	69	
minuscule	122	
Miranda Goshawk	49	
mirth	122	
miserably	26	
Miss Fawcett	106	
Miss Granger	87	
Miss Grant	95	
Miss Pennyfeather	95	
misty domed web	133	
mite	139	
Moaning Myrtle	86	
modest	33, 147	
Molly	41, 44, 61	
monstrous	127	
moody	121	
moping	88	
mopped	51, 102	
morale-booster	121	
moreover	138	
Morning	69	
morosely	86	
mortal danger	33	
Mortlake	41	
Mosag	131	
mossy teeth	51, 54	
most grievously	33	
Most-Charming-Smile Award	70	
Moste Potente Potions	96	
motioned	115	
motorway	61	
mottled	70	
mouldy-looking	100	
moulting	50	
mound(ed)	27, 79	
mounting	143	
mournfully	88	
mousey-haired	63	
mouthed	96	
mouthwatering	61	
mowed the lawn	27	
Mr (Argus) Filch	78	
Mr and Mrs Granger	49	
Mr and Mrs Mason	25, 30	
Mr Borgin	49	
Mr Weasley	87	
Mr Weasley, Arthur	41	

169

Mrs Norris		86
Mrs Skower's All-Purpose Magical Mess Remover		95
Mrs Weasley		41
muck		87, 147
Mudblood		77
muddy		70
Muggle Protection Act		51
Muggle Studies		127, 129
Muggle(s)		18, 26
Muggle-baiting		44
muggy		101
mullioned		132
Mundungus Fletcher		41
murderous		89, 107
murmur		69, 77
must've		44, 64
mutinous		138
Muttering darkly		51
muttering nonsense		26
MUUUUUUM		27
My name was down for Eton		70, 73
MYSTIFIES		63

N

National Squad		100
Nearly Headless Nick		86
nervously		33, 61
never've		116
Neville Longbottom		60
News at Ten		26
Nibbles		88
Night		64
nimbly		34
Nimbus Two Thousand		26, 50
nip...back		72
nipping off		114
noble		102
nodding off		79
nondescript		121
nonplussed		70
nostrils		51
notices		64
nudged		64
numb		64, 122
nursing		80
nutter		95

O

O.W.Ls		50
oaf		143
objections		100
Obliviate		139, 140
obscured		95
odd		26
oddly		42
offend		33
O'Flaherty		95
Ogden's Old Firewhisky		71
Olive Hornby		137
Oliver Wood		78
ominously		64
on all fours		79
on tenterhooks		87, 89
On the contrary		148
on the loose		108
on the other hand		26, 69
on your part		34
onlookers		122
only yards		128
Oozing		122
opals		51
orb-like		147
ordeal		147
Order of Merlin, Third Class		71
Order of Suspension		128
orphanage		122
Ottery St Catchpole		42
Ouagadougou		94
our kind		51
out of hand		43
out of order		88
outstripped		50
overcast		71
overridden		100

P

paces		122
pacing the spot		95
pack		132
paddock		50
paid dearly		27
pandemonium		72
Panting		41
parchment		18, 49
parentage		95
Parselmouth		107, 111
Parseltongue		108
parted company		86
Parvati Patil		94
pass out		101
pass up		138
pasty		87
patched		63
patched up		70
paternally		71
Pathetic		50
patting		52
peacock		100
peaky		86
peeled		49, 121
Peeves		86
pelted		101
Penelope Clearwater		127
Pepperup potion		86, 91
perched		42, 92, 114
Percy Weasley		41, 49
peril		33
periwinkle		132
Perkins		41
permitted		34
perplexed		144
persecution		95
perturbed		79
Peskipiksi Pesternomi		72, 73
petrified		63
petulantly		116
Petunia Dursley		25
phantom		89
phoenix		114
pick the lock		41
pierced		144
piercing		64
pigging out		115
pigsty		42
pigtails		108
pillars		143
pince-nez		51
pincers		123
Pinhead		115
piped up		71
piping		79, 143
pit of his stomach		61
pitch		78, 122
pitch blackness		102
piteous		100
pitiful		27, 43
pixie		117
place of residence		34
placidly		144
plaque		44
plastered		87
platform nine and three quarters		61
Play to your strengths		127
player short		79
plonking		79
plot		33
plug hole		50
plumage		114
plumbing		138
plumed hat		86
plummeting		62
plump		62
plunderers		51
plunged		62
pocketed		121
podium		88
pointing out		100
poised		107

poker	44	
Polyjuice Potion	96, 97, 113	
pompously	114	
ponderously	143	
popping	62, 87	
pored over	127	
porky	26	
porridge	49	
portly	88	
portraits	64	
postponed	128	
potion	18, 52	
Potions	18, 63	
potty wee Potter	108	
pouchy	87	
pounce(ed)	100, 133	
pounding	25	
poured out	143	
prattle	80	
precaution	128	
precious	80, 115	
precisely	26, 122	
prefect	18	
pregnant pause	139	
pre-match pep talk	101	
preoccupied	86	
preserving	143	
pressing	143	
priceless	147	
privileges	94	
prized	147	
proclaimed	52	
procure	94	
prodding	43	
Professor Binns	94	
Professor Dippet	120	
Professor Flitwick	78	
Professor Minerva McGonagall	60	
Professor Sinistra	106	
Professor Sprout	69	
prominent	147	
prompted	147	
promptly	26	
prone to...	49	
properties	70	
propped...	51	
prospect	62	
provoke	72	
prowled	106	
prudent	51	
pruned	27	
pruning shears	132	
prying	95	
pudding-basin haircut	115, 116	
pudgy	132	
puffed herself up	121	

puffer-fish	106	
puffs	53	
puffy-eyed	79	
pummelled	62	
punctured	143	
purge	95	
purpling	94	
purplish moors	62	
pursing his lips	95	
Put your foot down	42, 45	
putrid	88	
python	63	

Q

Quaffle	78, 83	
Quality Quidditch Supplies	52, 56	
quavering	88	
quelling	51	
quickstep	107	
Quidditch	26, 50, 78, 82	
Quidditch things	127	
quill	18, 52	

R

racket	78	
rage	43	
ragged	88	
raise	127	
raked	71	
rammed	143	
rampaging	72	
ranting on	114	
rapped	114	
rapt	71	
rapturously	26	
rare	147	
rash	88	
rattled	35	
raucous	127	
Ravenclaw	63, 66	
Ravenclaw, Rowena	94	
readily	132	
rearing and plunging	88	
Rebeus Hagrid	25	
receded	121	
recited	143	
reckon(ed)	61, 107	
reconstructions	100	
reedy	95	
reeling	79	
re-enacted	100	
relenting	35	
relish	116	
remarkable	43, 70	
remnants of	79	
remotely	101, 138	

re-potting	70	
reproving	108	
resembled...	61	
resentfully	121	
resignation	116	
resigned to	78	
resigned to the worst	132	
resolve	132	
resourcefulness	147	
resplendent	107	
restorative	70	
Restriction of Thingy	61, 65	
resume	101	
resurfaced	147	
retaliated	106	
retched	80	
retorted	51	
retrieve	49	
Revealer	121, 124	
reverently	33	
revising	138	
revive	94, 108	
revolting	63	
revved	41	
rhino	72	
Rictusempra	107, 109	
rid	71	
ridding	101, 116	
ridicule	86	
rifled	71	
rift	95	
rigid	34	
rings a sort of bell	94, 97	
rippling	63	
rips	33	
risen to ...'s bait	27	
roam	122	
roared	25, 42	
roaring trade	106	
robbing...	106	
robe	18	
robe shop	52	
rocketing	72	
roguish	71	
rollers	94	
rolling in	42	
rolls	138	
Ron Weasley	25	
roomier	87	
roomy	61	
rotter	108, 121	
rough night	101	
rounded off	61	
rounded on...	26	
roved	143	
roving	122	
Rowena Ravenclaw	66, 94	

171

ruby-encrusted	147	
Ruddy	42, 151	
rue	101	
ruff	86	
ruffled	35	
ruined	34, 143	
rumble	33	
rumbling	35, 61	
rumpled	128	
run through	26	
run through them	147	
run-in	108	
running	147	
rustling	123, 133	

S

sabres	143	
sabre-toothed tiger	43, 45	
sacked	63	
sagely	64	
sagged	63	
sagging	143	
said school	34	
Salamander	88, 90	
Salazar Slytherin	66, 94	
sallow	63	
salvers	88	
sarcastic	63	
Sardinian	95	
saw fit	147	
Scabbers	41	
scales	52, 106	
scallywag	80	
scalp	143	
scaly	143	
scar	26	
scared out of his wits	114	
scarf	87	
Scarhead	101	
scarlet	53	
scarpered	138	
scathing	71	
scattered	50, 128	
sceptically	96	
Scorch	96	
scowl	64	
scramble	64, 70	
scrambling	42	
scraps	133	
scrawl	34	
screech	33	
screwed up	100	
scribble	34	
scribbled	78	
scrubbing	34, 87	
scruff of the neck	51	
scruffy	49	
scrunched	138	
scum	96	
scuttled	70	
Seamus Finnigan	60	
searing	101, 143	
second-hand	49	
secretive	121	
seedlings	70	
Seeker	79, 82	
seized	33	
seized up	80	
sentence	87	
September the first	33	
serenely	147	
Serpensortia	107, 110	
serpent	108	
serpentine	143	
Serpents	138	
set off	51	
severe	64	
severed	86	
Severus	25	
Severus Snape	25	
shabby	44	
shake or nod	33, 37	
shatter(ed)	34, 50	
sheaf	87	
shed	139	
shed's	42	
shepherded	132	
shepherd's pie	80	
Sherbet lemon	108	
shielding	114	
shifted	79	
shimmering	89	
shins	122	
shooed	34	
shooing	122	
Shooting Star	50	
shot inside	50	
shouldering	94	
shoved	52	
shovelling down	115	
shrank	100	
shred	95	
shredded	72	
shrewd	107	
shrieks	51	
shrill	72	
shrill, piercing voice	71	
shrivelled	95	
shudder	62	
shuffled	34	
shunted	96	
sick	127	
sick sort of yellow	115	
Sickles	56	
sidekick	63	
sidle	53	
signed and sealed	26	
silence broken only by	33, 35	
Silhouetted	62	
simpering	26	
sinew	87	
Sir Nicholas de Mimsy-Porpington	86	
Sir Patrick Delaney-Podmore	86	
Sir Properly Decapitated-Podmore	87, 90	
sizeable	144	
sizzling	27, 144	
Skele-Gro	101, 103	
skeletal	87	
skeleton(s)	88, 138	
skidded	61	
skimmed	62	
Skip...	64	
skirting around	114	
skittering	107	
Skulkin'	51	
skulls	51	
sky and lake alike	132	
skyline	138	
slab	88, 128	
slam(med)	42, 121	
slapping	50	
slaughtered	123	
sleek	138	
Sleeping Draught	115	
slimy	63, 139	
slings	69	
slipped through ...'s clutches	26	
slit	69	
slithered	107	
slits	79, 147	
slobbering	79	
slog	139	
sloping	44, 79	
slow on the uptake	116	
sluggishly	115	
slumped down	26	
slurped	52	
Sly	87	
sly old dog	122, 123	
slyly	34	
Slytherin	63, 66	
Slytherin, Salazar	94	
smarmiest	121	
smart	51	
smeared	133	
Smeltings	25	
smirking	51	
smithereens	108	
smouldering	88	

smudges	96	splutter	62	strewn	127
snagging	133	spoke ill of	33	stripped	139
snailed by	80	sponging	102	strode	52
Snap!	118	sportingly	107	strolled	52
Snape	25	spotted	50	struck him	33
snapped	27, 43, 62	spotty	88	strutting	42
snapping	95, 143	sprang up	95	stubbed	128
snarled	122	sprawled	63	stubbornly	108
snatch up	122	spread-eagled	123	stubs	96
snatched glimpses	50	springing	33	stuffing	34
snatched up	42	sprinting	51	stumbled	27
sneaked	52	sprout	114	stump	44
sneakily	70	Sprout	69	stunned	61, 69, 147
sneer(ed)	27, 53, 87	spurt	79	stupefied	115
snickering	116	spurted	144	stupor	79
sniggering	71	squarely	78	stuttered	95
snoozing	44, 114	squashy	64	subdued	53
soapy	27	squat	69, 88	subsided	107, 138
soared	42	squeal	43	sugared violets	27
soften	114	Squib	94, 97	suits of armour	64
soggy	35	squinting	50	sulky	50
solemnly	108	squirmed	70	summoned	133
solitary	132	squirted	42	sumptuous	61
sombre	114	Staggering	53	suppressing	80
some rich builder	26, 28	staining	62	surge	51
somersault	108	stalks	132	surging	133
something slip	42	stammers	71	surly-looking	122
soot	50	stampeded	53	surpassing itself	78
sopping	121	starting the ignition	61	suspend	87
sorceress	43	starving	35, 138	suspended	64
sorcery	34	stay put	44	swarming	127
Sorting	63, 66	steadying gasps	147	swathed	128
Sorting Hat	63	step aside	128	swear	114
sour	114	stewed	101	sweaty	62
sparking	70	stick up for...	101	sweeping	52, 62, 106
sparkle	63	sticky end	147	sweeps the board	79
spate	86	stiffen	132	sweetums	25
speak not the name	33, 35	stifled	94	Swelling Solution	106
Special Award for Services to the School	80	stir	143	swept from the shop	53
		stock-still	123	swerved	101
speck	79	stomped	34	swig	64
speckling...	101	stone cold	35	swirls	62
spectacles	64	stony-faced	122	swooped	34, 88
spectacularly	62	stoop	122	swore	127
spell	19	stooping	51	sycamore tree	132
Spellotape	70, 75	storm	44		
sphere	133	storm of clapping	64	**T**	
spiky	70	stormed out	107	T.M. Riddle	120
spindle-legged tables	114	storming	102	tack	127
spine-tingling	143	stowed	115	tackle	138
Spit it out	138	straggling	44	tactics	79
spitefully	122	straight away	138	tad	71
splattered	34	strangle	102	tailed away	132
splintered	144	stray	61	taken the liberty	122
splinters	62	streaking	62	TAKING A LEAF OUT OF ...'S BOOK	43, 45
split second	42	streaming	143		
splotched	115	stretch	128	taking it in turns	106

173

talismans	106	thuggish	71	Trolls	49
talked him through	49	thumbs-up	70	troupe	88
talons	143	thump	61	trundled	61
tampered	101	thundered jovially	71	trundling	133
tangerine	88	thundering	133	trunk	41
tantrums	88	thunderstruck	147	tubeworms	95
tapers	88	thus	100	tucked away	121
taps	61, 139	tic	87	tucking	86
Tarantallegra	107, 110	Tickling Charm	107	tufty	70
tar-like	88	tight-knit	106	tugging	107
taunted	87	tilted	33	tumbledown	42
taunting	26	timetables	69, 75	tumblers	115
tearing	26, 123	timid	69	tumultuous	127
tea-strainer	100	tinkering	44	tunic	86
teeming	96	tiny	34, 95	tureens	69
teetering on the edge...	138	tiptoeing	123	turn(ed) up	35, 43
teeth bared	35	tiptoes	107	turn you in...	123
teething	70	Tis	102	turning your beak up	35, 37
telling them off	64	to be frank	71	turrets	62
tell-tale	101	to Date	51	tut-tutting	102, 103
temples	25	toadstools	53, 127	twanging	122
ten-pound notes	52	toddle	101	twiddled	42
tense	94	toffees	62	twigs	63, 132
tensely	61	TOLERATE	25	twirl	101
tentative	71	TOM MARVOLO RIDDLE		twisted old loony	96
term	26		143, 144	twitching	80
Terry Boot	106	tombstone	88	two inches	95
tersely	96	tonelessly	26	tyke	34
That's the ticket	69	Too right you will	26, 30		
The Burrow	40, 41, 46	toothpick	114	**U**	
The Duelling Club	105	top of his lungs	70, 72	U-bend	96
The Heir of Slytherin		top-of-the-range	26	unaccountably	147
the manor	51	tore	42	uncertainly	108, 116
The Misuse of Muggle Artifacts		torpor	95	unconscious	69
Office	42	torrential	86	Undaunted	121
The Rogue Bludger	99	torrents	144	under his breath	26
the sink, in fact, sank	139, 140	torturing him	79	underfed	100
The Whomping Willow	60	touch more	132	Underground	50
The Writing on the Wall	93	tousle-haired	79	undergrowth	133
theories	79	tragic	34	undertone	43
thick	96	traipsed	70	underwent	147
thicket	101	Transfiguration	53, 70	unearthly	143
Things started to go downhill		transfigured	70	unease	95
	69, 72	transfixed	71	uneasy sleep	35
think better of it	53	translucent	88	uneventful	62
Third time this week!	25, 29	Transmogrifian Torture	94	unfit	116
This could well be	26, 29	transparent	86	unicorns	132
thrashed	143	Transylvanian	100	unleash	95
three-foot long composition	95	treacle pudding	61	unravelling	51
threshold	79	trembling	33	unremarkable	70
threw	127	trestle bench	70	unseal	95
thrill	78	trickle	133	unseat	101
throbbing	25, 62	tricky bit	61	unsporting	107
throng	96	trifle	115	untrustworthy	95
thrusting	100	triumph	33	unwisely	144
thud	43	triumphant	63	up at cock-crow	61, 65
thudding	34	trollish cunning	79	up to...	95

upended	72
uptight	101
Urgh	115
useful player	100
ushered	33
utter	115

V

vainly	89
Valentine(s)	122, 125
valiant	33, 102
vampire	100, 119
vanishing	61
varied	95
vast	63, 88
vaulted	143
vaults	52
velvety	107
venom	64
Venomous Tentacula	70
ventured forth	106
verifiable	95
vermin	102
Vernon Dursley	25
very heart	133
vibrating	62, 143
viciously	26
vigorously	102
Vincent Crabbe	69
violent shade of orange	44
vivid	63
vividly	133
voice as oily as his hair	51, 54
Voldemort	25
volley of bangs	71
Voyages	49

W

wad	34
waddling	26
wafting	53
Wagga Wagga	100
waggling	72
wailed	33
wailing	88
walloped	63
wan	138
wand	19
Wanderings	49
wandwork	87
ward Harry off	114, 116
warlock	19
washing-up	43
waspish	106
waste bin	72
weak-chinned	138
wearing off	62

weaving	143
wedged	61
we'd've	80, 106
weedy	138
weird	44, 148
welling	88
wellington boots	43
werewolf	70, 100, 104
Werewolves	49
whacking	62
whassamatter?	78
What d'yeh think yer doin' down there?	51
What in blazes...	61
what promised to be...	102
What-the-devil...?	34
wheeled around	43
wheezing	87
whiff	69
whilst...	71
whimpering	107
whine	62
whip up	94, 122
whipping	42
whirl	50
whisked	27
Whomping Willow	65
Whoops	107
whoosh	101, 144
wiggle	79
winded	25
window-sill	41
windscreen	42
wisps	122
wistful	79
witch	19
Witch Weekly's	70
witchcraft	19
with a start	79
withered	50
witheringly	115
without further ado	116, 117
wizard	19
wizardkind	71
wizardry	19
wizened	122
wobble	62
woe betide	43
woeful	87
woes	143
wonderment	147
wonky	52
worm	106
wrathful	64
wreck	72, 143
wreckage	87
wrenched	80

wretched	43
wring his hand	147
writhing	115
wrung sponge	70

Y

yak	87
yanked	71
yard	42
yearned	132
yelped	133
yelps	34
Yeti	49
You had to hand it to them	41, 44
you know what	27
You Know Who	33
You wish	107, 109

Z

zap	70
zigzagged	44
zoomed	101

175

著者紹介
クリストファー・ベルトン　　Christopher Belton

1955年、ロンドン生まれ。78年に来日して以来、途中帰国した4年間を除き日本在住。91年以降、フリーランスのライター・翻訳家として活躍。97年、小説家としてデビュー作 Crime Sans Frontieres をイギリスで出版し、その年に出版された最も優れた長編小説に与えられるブッカー賞にノミネートされる。その後、日本を舞台にした Isolation（03年）、Nowhere to Run（04年）をアメリカで出版。翻訳家としてもフィクションおよびノンフィクションの幅広い分野で多数の翻訳を手掛ける。現在は日本人の妻と横浜に在住。

主な著書に、『日本人のための教養ある英会話』『知識と教養の英会話』（以上、DHC）、『英語は多読が一番！』（筑摩書房）、『健太、斧を取れ！』（幻冬舎）、『「ハリー・ポッター」が英語で楽しく読める本』シリーズ、『ハリー・ポッターと不思議の国イギリス』『ライティング・パートナー』『英単語 語源ネットワーク』『こんなとき英語ではこう言います』（以上、コスモピア）など多数。

「ハリー・ポッター」Vol.2 が英語で楽しく読める本

2004年2月10日　第1版第1刷発行
2021年2月1日　　　　第5刷発行

著者／Christopher Belton
翻訳／渡辺順子

英文校正／ガイ・ホーブツ

語彙データ分析・記事／長沼君主

装丁／B.C.（稲野　清、晁留　裕）
表紙イラスト／仁科幸子

DTP／アトム・ビット（達　博之）

発行人／坂本由子
発行所／コスモピア株式会社
〒151-0053　東京都渋谷区代々木4-36-4　MCビル2F
営業部　TEL: 03-5302-8378　email: mas@cosmopier.com
編集部　TEL: 03-5302-8379　email: editorial@cosmopier.com

https://www.cosmopier.com/（コスモピア）
https://e-st.cosmopier.com/（コスモピアeステーション）

印刷・製本　　朝日メディアインターナショナル株式会社

©2004　Christopher Belton／渡辺順子

＼本書のご意見・ご感想をお聞かせください！／

本書をお買い上げいただき、誠にありがとうございます。今後の出版の参考にさせていただきたく、ぜひ、ご意見・ご感想をお聞かせください。（PCまたはスマートフォンで下記のアンケートフォームよりお願いいたします）

アンケートにご協力いただいた方の中から抽選で毎月10名の方に、コスモピア・オンラインショップ（https://www.cosmopier.net/shop/）でお使いいただける500円のクーポンを差し上げます。（当選メールをもって発表にかえさせていただきます）

https://forms.gle/iQQ1PPY9jwAgEyuk7

―― クリストファー・ベルトンの本 ――

「ハリー・ポッター」が英語で楽しく読める本

J・K・ローリングは「名付けの魔術師」。
原書でしか味わえない世界がある！

辞書を引いてもわからない固有名詞の語源や語句のニュアンス、翻訳本を読んでもわからないヨーロッパの歴史的背景まで、イギリス人の著者が詳しく解説するガイドブック。原書で読んでみたい人、原書に挑戦したが途中で挫折した人におすすめです。最後まで自力で読み通した人にとっても、「ああ、そういう意味だったのか」という発見がたくさんあるはず。

各巻の構成

- [章　　題] 各章のタイトルに込められた意図を解説
- [章の展開] その章の読みどころを提示
- [登場人物] その章で初めて登場する人物を紹介。久々に登場する人物は初出の巻と章とともに紹介し、シリーズを通して理解するのに役立ちます
- [語彙リスト] 難しい語句の日本語訳。シーンごとにイギリス版とアメリカ版両方の原書の該当ページと行数を表記し、原書との突き合わせが容易。辞書を引かずに読み通せます
- [キーワード] 特に注意したいキーワードを、語源や背景知識から解説

「ハリー・ポッター」Vol.1が英語で楽しく読める本	176ページ	定価　本体1,300円＋税
「ハリー・ポッター」Vol.2が英語で楽しく読める本	176ページ	定価　本体1,400円＋税
「ハリー・ポッター」Vol.3が英語で楽しく読める本	208ページ	定価　本体1,500円＋税
「ハリー・ポッター」Vol.4が英語で楽しく読める本	248ページ	定価　本体1,600円＋税
「ハリー・ポッター」Vol.5が英語で楽しく読める本	240ページ	定価　本体1,600円＋税
「ハリー・ポッター」Vol.6が英語で楽しく読める本	264ページ	定価　本体1,600円＋税
「ハリー・ポッター」Vol.7が英語で楽しく読める本	314ページ	定価　本体1,680円＋税

各 A5判書籍
著者：クリストファー・ベルトン
翻訳：渡辺 順子

●直接のご注文は ➡ www.cosmopier.net/shop/

コスモピア　　　　　　　　　　　　　　　　　全国の書店で発売中！

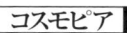

「ハリー・ポッター」Vol.8
が英語で楽しく読める本

著者：クリストファー・ベルトン
翻訳：渡辺順子
A5判　208ページ　本体1,500円＋税

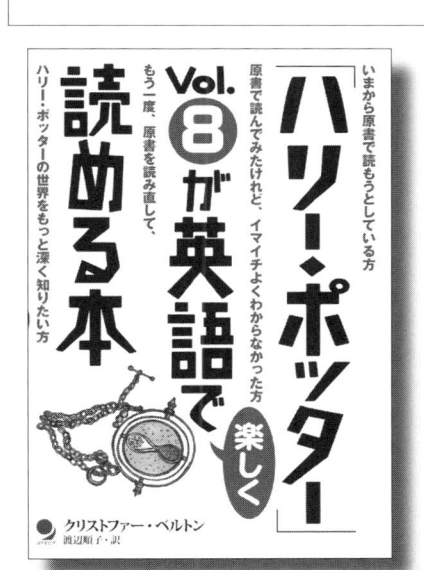

本書の構成

[新しい登場人物]
　初めて登場する人物をすべて紹介
[語彙リスト]
　読者がひっかかりそうな単語・熟語などを
　とりあげて解説
[Info]
　ことばや名称の詳しい説明、ハリー・ポッ
　ターの魔法世界の社会・文化について解説
[コラム]
　本全体で19のコラムを用意
[語彙分析]
　Harry Potter and the Cursed Child で使用
　されている語彙を徹底分析
[INDEX]
　登場人物、語彙リスト、Infoで説明を加え
　た語句を中心に、アルファベット順に配列

9年のときを経てついにシリーズ完結！

本書は、*Harry Potter and the Cursed Child Special Rehearsal Edition* をスムーズに読んでいくことができるように、難しい語句、固有名詞、口語表現などの日本語訳を掲載しています。日本語に訳さずに、英語のまま理解したい読者のためには、英語の同義語も並記しており、英英辞典としても使えます。これまでのシリーズ同様、呪文や人名にJ・K・ローリングが忍ばせた、ラテン語、ギリシャ語、フランス語などの語源、イギリスの文化的・社会的背景など、日本人にはわかりにくいポイントをライター・翻訳家クリストファー・ベルトンが詳しく解き明かします。日本語訳ではなく原書を楽しみたい方におすすめの一冊です！

●直接のご注文は ➡ www.cosmopier.net/shop/

コスモピア　好評発売中！

ロアルド・ダールが英語で楽しく読める本

コスモピア編集部・編
執筆協力：笹田裕子、清水奈緒子、白井澄子、クリストファー・ベルトン、
　　　　　宮下いづみ、渡辺順子（翻訳）

A5判224ページ ／ 価格：本体1,800円+税 ／ ISBN：978-4-86454-106-0

『チャーリーとチョコレート工場』
『マチルダ』
『BFG』ほか

6作品の名場面が原書で読める！

本書の構成

序章　原書で読むダールの世界／
　　　ロアルド・ダール紀行
第1章　The Enormous Crocodile
第2章　The Giraffe and the Pelly and Me
第3章　Fantastic Mr Fox
第4章　Charlie and the Chocolate Factory
第5章　Matilda
第6章　The BFG
付録　Charlie and the Chocolate Factory 全編語彙ノート／The BFG 全編造語ノート
巻末資料　読みやすさ順　ダール作品一覧

■ ダール作品を原書で読むためのガイドブック誕生！

　ダールはイギリス児童文学の巨匠であり、大人にも子どもにも多くのファンをもつ人気作家。ティム・バートン監督、ジョニー・デップ主演の映画『チャーリーとチョコレート工場』、スティーブン・スピルバーグ監督作品『BFG: ビッグ・フレンドリー・ジャイアント』の原作者としてもおなじみです。

●直接のご注文は ➡ www.cosmopier.net/shop/

本選びに迷ったらココから！
コスモピアの多読ブックガイド

大人のための英語多読入門
50代からの人生を変える！

自らも50代になってゼロから多読を始めた著者が、大人になってからやさしい洋書にチャレンジする意味を説きます。定年を迎え、あるいは子育てを終え、やっと自分の時間がもてるようになった層に、「お勉強」ではなく「読書」として洋書を楽しむ方法を懇切丁寧にアドバイス。大人だから気になる疑問点にも明快に回答します。

監修：酒井 邦秀
著者：佐藤 まりあ
A5判書籍 239ページ

定価 本体 1,800 円＋税

読みながら英語力がつく やさしい洋書ガイド
ほんとにほんとにやさしい本から読もう

長年ネットで洋書を紹介している著者が本選びの方法をアドバイス。学習者用リーダーは省き、アメリカの小学生が読む本を中心に選定しています。多民族国家アメリカの行事や習慣がわかる本、その日の気分に合わせて楽しめる本、しつけや教育方針が盛り込まれた本など全202冊。新たな読書の楽しみがきっと見つかります。

Kindle版もあります！

著者：佐藤まりあ
A5判書籍 157ページ

定価 本体 1,400 円＋税

ジャンル別 洋書ベスト500
洋書コンシェルジュが厳選しました！

1995年にアメリカに移住し、現地の編集者や図書館員からも本のアドバイスを求められる著者が、日本人のためにおすすめ洋書500冊を厳選。現代文学、古典、ミステリから、児童書、ビジネス書まで幅広い分野をカバーし、英語レベルは入門から超上級まで5段階表示、さらに適正年齢も表示。

Kindle版もあります！

著者：渡辺 由佳里
A5判書籍 286ページ

定価 本体 1,800 円＋税

直接のご注文は→ http://www.cosmopier.net/shop/

コスモピア e ステーション

コスモピアが提供する英語学習のための
e-learning マルチプラットホーム

https://e-st.cosmopier.com

PC スマホ タブレット 対応

英語多読の森 読み放題コース 毎月800円（税別）

英語の基礎を作るための Graded Readers や Leveled Readers などが読み放題のコースです。レベルや興味にそって読み進めることができるように、さまざまな出版社にご協力をいただき、リーディングの素材を集めました。レベル0～6と7段階に分かれた英語の読み物をジャンル別を選んで読み進めることができます。すべての読み物は音声付きです。

特徴
- やさしい英語の本が読み放題
- 読んだ語数は自動でカウント
- すべての素材は音声つき（速度調節機能あり）
- 音声を使ったシャドーイング練習（録音機能つき）
- どんどん増えるコンテンツ

ジャンル、レベル、シリーズ、語数などで検索できます。

読む速さをチェックできます。

PC版では作品部分を全画面表示で読むことができます。

内容をきちんと理解しているかをチェックできるリーディングクイズもついています。

＊登録コンテンツ数：775（2019/9/27 時点）

ひとつの素材でこれだけトレーニングできる！

| リーディング | 読速チェック | リーディングクイズ | 聞き読み | リスニング ＊スピード調節機能 | シャドーイング ＊録音機能 | サマライズ ＊ライティング＋模範例 |

登録シリーズ一部紹介：Building Blocks Library (mpi) / ラダーシリーズ（IBC パブリッシング）/ Happy Readers、Smart Readers、I Love Poems、Greek Roman Myths (Happy House) / Foundations Reading Library、Our World Readers（ナショナルジオグラフィック社）/ Cosmopier Library（コスモピア）

まずは無料会員から 無料会員登録をすると「読み放題」・「聞き放題」コースのコンテンツを下記の条件でご利用いただけます。

★読み放題コース：Chapter 1 コンテンツを毎月3本まで / 聞き放題コース：毎月5コンテンツまで

■ 管理機能つきバージョンについて
学校や塾向けの管理機能付きバージョンも提供しております。資料やデモアカウントをご希望の方は、eステーションサイト内の「企業・教育機関・団体の方へ」からお申し込みください。

英語多聴ライブラリ 聞き放題コース　毎月 500円（税別）

「英語聞き放題」コースの学習の中心は「シャドーイング」です。シャドーイングとは、テキストを見ないで流れてくる音声を聞きながら、影のように後についてその音声をまねて声を出すトレーニングです。テキストを見て行う音読に比べ、リズムとイントネーションが自然に身につきます。また、単語同士の音の繋がりに強くなり、会話のスピードに慣れていきます。頭の中では文法や意味も自然に意識され、リスニング力・スピーキング力がアップします。

特徴
- レッスンの中心はシャドーイング
  （リスニング＆スピーキング力アップに効果あり）
- 厳選されたオリジナル教材多数
- 聞いた語数は自動でカウント
- 自分のシャドーイング音声を録音できる
- どんどん増えるコンテンツ
  （最新ニュースや動画付き学習素材、『多聴多読マガジン』のコンテンツなど）

音声タイプ（会話 / スピーチ / インタビュー）や、素材のジャンル（フィクション / ノンフィクション / ビジネス）をレベル別に検索できます。

トレーニング画面のイメージ。各コンテンツには、スクリプト、語注、訳がついています。

自分の音声を録音し、ダウンロードして、モデル音声と比較することができます。

シャドーイング画面では、スクリプトは表示されません。モデル音声だけを頼りに、まねをしてみましょう。

＊登録コンテンツ数：約2000（2019/7/27時点）

ひとつの素材でこれだけトレーニングできる！

リスニング	意味チェック	聞き読み	パラレル・リーディング	シャドーイング
＊動画付きコンテンツもあり	＊スクリプト、語注、訳	＊内容を理解しながら黙読	＊テキストを見ながら声に出す	＊音声の後について声に出す

新刊書籍

『ノルウェイの森』、『ねじまき鳥クロニクル』『海辺のカフカ』、『1Q84』、『騎士団長殺し』他

長編10作品を英語と日本語で読みくらべ

村上春樹が英語で楽しく読める本

村上春樹を英語で読む会・編著
本体価格　2100円+税

村上作品の英訳は英語表現の宝庫！

「やれやれ」 **Just great. / My oh my!** など
＼だけではない！／

「そういうことだ」
That kind of thing.

「こんなこと話したのあなたが初めてよ」
You're the first person I've ever told about this.

「参ったね」
I'm floored.

「そりゃ凄い」
That's something.

「それだけのことだ」
That's all there was to it.

「そんな日だってあるさ」
It's one of those days.

それだけのことでしょう
It's that simple, I guess.

●送料無料！ 直接のご注文は　https://www.cosmopier.net/shop